AGAMEMNON
TRAGEDIE.

Du S^r. ARNAVD, Prouençal.

EN AVIGNON,
De l'Imprimerie de IAQVES BRAMEREAV, Imprimeur
de sa Saincteté, de la Ville, & Vniuersité.
Auec permission & Priuileges.

M. DC. XXXXII.

A MONSEIGNEVR,
MONSEIGNEVR
HENRI D'ESCOVBLEAV,
Archeuefque de Bourdeaux,
Primat d'Aquitaine, Com-
mandeur des Ordres
du Roy, &c.

ONSEIGNEVR,

Quand ie mis la premiere main à
cet ouurage, ce fut pour contenter
mon humeur, trop peu ambitieux pour
conçeuoir le deffein de luy faire voir le iour. I'aurois
apprehendé de me rendre complice de cette cruelle
megere que ie fais monter fur le Theatre, & de
donner la mort à mon genereux & infortuné Agamemnon autant de fois que cette piece feroit tom-
bée entre les mains des curieux. Il faloit laiffer aux

A 2

EPISTRE.

doctes plumes de nos Orphées François , le soin
d'animer les cendres de ce trop incredule Heros , &
de luy rendre sur la scene la Majesté qui le faisoit
adorer sur le Throsne, vn Prouençal qui n'est iamais
sorti des limites de la Prouence ne pouuoit pas luy
mettre en bouche des mots choisis , vn escholier ne
le pouuoit pas faire parler en Roy , luy couper des
lauriers auec vn tranche-plume , confondre inge-
nieusement la poussiere d'vne classe auec la poussiere
des combats, & dãs le siecle où nous sommes,quand
les Philosophes auroient les plus solides raisonne-
mens , ils n'ont pas les plus agreables. Cette ambition sied bien à ceux qui font leur cabinet des Thuil-
leries , & qui sont plus long-temps dans le Louure
que dans leur maison , puisque la seule presence de
nostre tres-Inuincible & tres-Chrestien Roy Louys
le Iuste leur peut fournir de hautes pensées. Iaurois
acheué cette piece (Monseigneur) auec toutes ces
considerations , & consequemment auec le dessein
de ne tirer Agamemnon du tombeau que pour le
faire passer en de nouuelles tenebres,& d'emprison-
ner dans vn Coffre ce vaillant Capitaine à qui la
terre sembloit trop petite quand il la comparoit à
son cœur : si la mesme affection qui me faisoit ap-
prehender les iniures qui luy pouuoient estre faites,
ne m'eûst asseuré que ie l'en pouuois mettre à cou-
uert souz vostre protection. Ie ne sçaurois exprimer

EPISTRE.

auec combien de plaifir ie reçeus cette infpirátion
du Ciel qui me perfuada de ne chercher point d'autre azile, & auec combien de promptitude ie m'ac-
corday à tout ce que voulut cette diuine Confeil-
lere. Elle me fit reffouuenir en mefme temps que
i'auois remarqué par ma propre experience, que
vos feuls regards peuuent imprimer le refpe&t dans
l'ame de ceux qui les reçoiuent : pour me fortifier
dans cette opinion, qu'il ne fe trouueroit aucun qui
ofat mal-traitter vn Prince que vous auriez entre-
pris de deffendre, & que le refpe&t attacheroit au
Palais des plus temeraires leurs langues enuenimées,
pour leur faire taire les fentimens qui luy feroient
des-aduantageux. Apres de fi puiffantes perfuafions
i'alois obeïr fans confulter aux femonces que me
faifoit ce fauorable Demon, fi la crainte ne m'euft
arrefté par cette raifon, qu'il ne vous faloit pas offrir (Monfeigneur) vne chofe fi peu digne de vous
eftre offerte, & que la diuinité vous ayant fait vne
image viuante d'elle mefme, vous auoit participé
ces hauts fentimens qui luy font mefprifer les offrandes qui ne font pas dignes d'elle : mais i'ay combatu ce raifonnement par ces veritez, que la diuinité
eftend fa prouidence fur les plus viles chofes qui
foient en la nature, que fa main n'eft pas plus occupée à donner le branfle aux globes celeftes, & à me-

A 3

EPISTRE.

furer leur merueilleufes fecouffes qu'à former les
ayles d'vn mouícheron, qu'elle ne doit pas refufer:
comme elle ne refuíe point la lumiere & les influan-
ces de fon Soleil aux plus abjectes creatures puis
qu'elles en ont plus de befoin, qu'elle fait efclatter
fa toute puiffance dans la baffeffe, & qu'enfin lifant
dans les cœurs de ceux qui luy font fes offrandes,
leurs plus fecretes intentions, elle fait quelquefois
plus d'eftat des colombes des Bergers que des He-
catombes des Roys. Il faut que ie vous aduoüe
(Monfeigneur) qu'apres de fi preffantes follicita-
tions, non feulement ie n'ay rien apprehendé en
vous offrant cet ouurage, mais encore i'ay creu d'e-
ftre obligé de vous l'offrir. Vn grand Empereur me-
rita ce furnom de grand, par vn nouueau titre, en
reçeuant fans defdain de l'eau de fontaine, que le
dernier de fes fujets luy prefenta dans le dedans de
fes mains, quand la neceffité ne luy laiffa plus rien
que ce qu'elle ne luy pouuoit pas ofter. Si cette piece (Monfeigneur) auoit tous fes finiffemens, &
fi mon premier coup d'effay pouuoit paffer pour
vn coup de maiftre, ie ne l'eftimerois d'auantage
que parce qu'il feroit moins indigne de vous, &
non pas parce qu'il pourroit ietter les fondemens
d'vne plus fameufe renommée. Agamemnon fera
autant glorieux qu'il le veut eftre, s'il à le bon-heur

EPISTRE.

de vous plaire, cét à cela feulement qu'il afpire,
comme fon autheur n'a d'ambition que pour pof-
feder à iamais le tirr~

MONSEIGNEVR,

De

Voftre tres-humble, tres-
obeïffant, & tres-fidelle
feruiteur.
ARNAVD.

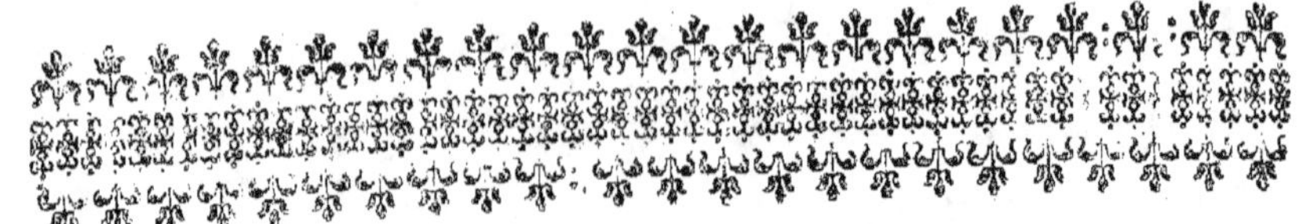

ACTEVRS.

AGAMEMNON, Roy d'Argos

CLITEMNESTRE, femme d'Agamemnon.

ÆGISTE, Prince du sang.

CHRISOSTEME. } Infantes.
ELECTRE. }

EVRIBATE, Gentil-homme du Roy.

ELEONOR, Nourrice.

CLIANTE, Gentil-homme Confidant d'Ægiste.

La Scene est en Argos.

AGAMEMNON.
TRAGEDIE.

ACTE PREMIER.
SCENE PREMIERE.

ÆGISTE, Dans vne Chambre sur son lict.

ESSE Pere inhumain tes facheuses visites,
Fantosme iniurieux iamais tu ne me quittes :
Cadaure à qui les vers n'ont laissé que les os,
Persecuteur d'Ægiste, ennemy du repos ;
'n vain ta Passion s'obstine à me combatre,
Tu peus bien m'esbranler, mais tu ne peus m'abatre,
Ie soumettray tousiours aux despens de mon heur
Les loix de la nature à celles de l'honneur.
Que ce iuste refus te despite, & te fache,
N'attens pas de ton sang quelque chose de lache,
Les Dieux me sont tesmoins qu'estant sorty de toy,
Ie ne puis t'obeïr en ce funeste employ,
Songe à ce que tu fis quand ton ame rauie
Ne vit point sur ton nom des prises à l'enuie,

Mais trop foible secours, hastons nous de mourir,
Nos mains, nos seules mains nous peuuent secourir,
Contre vn pere obstiné, qui prie, qui commande
Ie n'attens que de moy ce que ie te demande,
Et contre vn spectre affreux qui blesse en souspirant
Ægiste ne se peut defendre qu'en mourant.
Dieux ! à ce seul penser la fureur me surmonte,
Je ne puis surmonter, n'y ceder qu'à ma honte.
Voy si ie puis souffrir, & souffrir sans excez,
Mon grand cœur est honteux de tous les deux succez,
Je crains esgalement la perte & la victoire,
L'vne & l'autre, Cliante, est fatale à ma gloire.
Mais auant ce combat Ægiste aura vescu,
Ainsi ie ne seray ny vainqueur ny vaincu.

CLIANTE.

Ce discours est obscur, ie ne scaurois l'entendre,
Et ces difficultez ne se font point comprendre.

ÆGISTE. Relue.

Corps pasle, corps perclus, froid amas d'ossemens,
Qui troubles les douceurs de mes contentemens ;
Objet rempli d'horreur, effroyable figure,
Meslange des erreurs de toute la nature,
Ah ! ne t'approche pas, cher Cliante ayde moy,
Il est temps auiourd'huy de signaler ta foy,
Ne sois pas insensible à de si iustes plaintes,
Vois fumer deuant toy tant de lampes esteintes,
Tire moy de ce lict & de flamme & de fer,

Tire moy du tombeau, tire moy de l'enfer.

CLIANTE.

Le trouble où ie le voy, n'est il pas deplorable.
Son esprit est confus.

ÆGISTE.

   Que ie suis miserable,
Helas! & de combien serois ie plus heureux,
Si i'estois plus barbare, ou bien moins genereux,
Vengence, amour, honneur, Thyeste, Clitemnestre,

CLIANTE.

Qui dans ce triste estat le pourroit reconnoistre.

ÆGISTE.

Est ce par l'iniustice, & par la cruauté
Qu'on s'ouure le chemin de l'immortalité,
Chere ombre, cher Thyeste aux plaines elisées
Les supremes vertus sont elles mesprisées,
Et qui vous fait haïr la generosité
Dans ce diuin seiour de la felicité,
Heros à ces despens ie hay vostre ambroisie,
Goustez en les douceurs, i'en suis sans ialousie,
Et ne puis consentir à cette lacheté,
D'achepter à tel pris vostre diuinité.
Toutefois.

CLIANTE.

   Chasque mot produit vn nouueau doute,
Et ie le comprens moins lors que plus ie l'escoute.
Son ame abandonnée à des ennuis pressens

TRAGEDIE.

Permet à la fureur de luy troubler les sens,
Et parmy le desordre où ie la voy reduite,
Ses yeux sont esgarez, & ses propos sans suite ;
Et son cœur accablé sous mille deplaisirs
Entre deux passions balance ses desirs.

ÆGISTE.

Que choisir ? que quiter ? quel party dois ie prendre ?
Que dois ie mespriser, & que dois ie entreprendre ?
Quand vn pere commande on luy doit obeïr,
Honneur tu m'es trop cher, ie ne te puis trahir :
Pour vn cœur offensé la vengence à des charmes,
Mais contre l'offenseur on doit tourner les armes,
Et c'est lors seulement qu'elle nous satisfait,
Quand on punit l'affront sur celuy qui la fait ;
Mais puis que de mon bras amour attend ce crime,
Bien qu'il soit innocent sa mort est legitime.
Il mourra l'innocent ; non il ne mourra pas,
Si ie dois estre seul l'autheur de son trespas.
Ie perdrois plus que luy dans sa propre deffaite,
Ie vendrois mon honneur pour le pris de sa teste,
Et comme auant ce coup il m'est doux de perir,
Il mourroit moins que moy qui le ferois mourir.
Mais aussy.

CLIANTE.

Mon Seigneur.

ÆGISTE.

Escoute.

CLIANTE.

            Quelque songe.

Auroit il abusé vos sens par vn mensonge!
Et ce genereux cœur ne voit il en sa peur.
Que le confus effet d'vne noire vapeur ;
Vostre estonnement fait que le mien est extreme ,
Et vous voyant resuer , ie crois resuer moy mesme.
Dieux qui l'eust iamais creu.

ÆGISTE.

            Dieux qui l'eust iamais dit.

CLIANTE.

Qu'au moindre euenement Ægiste se rendit.

ÆGISTE.

Que la legereté d'vn sort impitoyable
Me fit si tard heureux & si tost miserable ;
Que dans vn mesme iour pour ma confusion
Ie fus digne d'enuie & de compassion ,
Que ma felicité trouuât si tost sa perte ,
Qu'elle me fut rauie en mesme temps qu'offerte ,
Qu'il me falut gouster flaté d'vn vain espoir
Des plaisirs le matin pour les perdre le soir ,
Et qu'vn pere aueuglé par sa brutale enuie
Voulut m'oster l'honneur , m'ayant donné la vie.

CLIANTE.

Vostre fortune à droit de faire des jaloux ,
Tous seroient volontiers mal heureux comme vous.
Le sort dont vous souffrez les cruelles atteintes ,

Ne fournit pas à tous mefme fuiet de plaintes,
N'exerce pas fur tous les mefmes cruautez,
Et tous ne peuuent pas eftre fi mal traitez,
Craignez fon inconftance, & qu'vne humeur trop vaine
N'empefche les effects d'vne fi belle haine.
Tafchez de meriter ces matieres de pleurs,
Et rendez vous enfin digne de vos mal-heurs.

ÆGISTE.

Tu te ris, tu te ris, ingrat, & mon martyre,
Ne peut rien fur tes yeux alors que ie fouspire.
Je t'ay veu prendre part à tous mes interefts,
Mes defirs autresfois te furent des arrefts :
Et maintenant ingrat par vn caprice eftrange,
Je voy changer ton cœur quand ma fortune change,
Et i'apprens par la mort de ta fidelité,
Que tu n'aimois de moy que ma profperité,
Si i'eftois plus heureux, tu ferois plus fidelle,
Mais non, tu ne fçais pas le mal qui me bourrelle.
Efcoute, & tes fouspirs parleront de ta foy,
Si le plus dur rocher n'eft moins rocher que toy.
Si tu ne le fçais pas, apprens par quel outrage
Attrée fatisfit à l'excez de fa rage,
La nature en fremit, & le Ciel irrité
Souffrit auec horreur cette brutalité,
Il fit de deux iumeaux deux fanglantes victimes,
Mais leur mort ne fit pas le dernier de fes crimes,
Il n'arrefta pas là fon aueugle transport,

Son inhumanité fit vn dernier effort,
Et pour fraper vn coup digne de sa colere
Il leur fit vn tombeau du ventre de leur pere,
Il feignit d'escouter la voix de la raison,
Des couleurs de la paix farda sa trahison,
Mon pere qui le creut, voulut luy satisfaire,
Attacha ses desirs aux desirs de son frere,
Et la feinte d'Atrée entretint son erreur
Pour repaistre ses sens de cet obiet d'horreur.
Il voulut qu'vn festin signala la iournée
Qui voyoit de deux Roys la haine terminée,
Mais las que vit mon pere, il vit dedans les plats
De ses fils esgorgez les membres delicats,
Il mangea, iusqu'à ce que leurs testes offertes
Le vindrent asseurer de leurs tragiques pertes,
Il les vit, les conneut, iura de les venger,
Mais de ce beau serment il se vit desgager,
La mort vint s'opposer aux traits de sa colere,
Et triompha d'Attrée, ainsi que de mon pere;
Vne diuerse cause eust vn semblable effect,
L'vn mourut de douleur, l'autre pour son forfait.
Le fils de ce cruel s'estant fait reconnoistre
Monta dessus son Throsne, espousa Clitemnestre,
Du despuis il suiuit ces braues conquerans,
Qu'à beaucoup trauaillez vn siege de dix ans,
Et durant tout ce temps vne commune flamme
Tu le sçais m'a rendu possesseur de sa femme.

Maintenant

Maintenant il reuient,

CLIANTE.

Acheuez.

ÆGISTE.

Ie ne puis,

CLIANTE.

Ie ne voy point, Seigneur, d'où viennent vos ennuis.

ÆGISTE.

Maintenant il reuient enuironné de gloire
Ombragé des lauriers d'vne telle victoire,
Mais helas! il reuient pour estre mal-traité,
Mon pere de mon bras veut cette lacheté,
Et son ombre m'oblige en ses propos seueres
A venger par sa mort celle de mes deux freres.
Le Soleil delaissoit sa perruque à son tour,
La nuit fuyoit deuant la courriere du iour,
Quand vn feu triste est noir dans ma chambre fermée
M'a fait voir vn Cadaure à trauers sa fumée.
Celuy mesme, Cliante, à qui ie dois vn cœur
Incapable de craindre, à peu me faire peur,
Quand sa mourante voix à frapé mes oreilles,
Et diuerty mes yeux de toutes ces merueilles.

  Attrée fut l'autheur de ce mortel affront,
  Par qui de deux iumeaux le trepas fut infame,
  Si le sang de son fils ne fait rougir ta lame,
  La honte asseurement fera rougir ton front.

        C

Impose à tous respects vn silence eternel ,
Que par eux ta valeur ne soit point endormie ,
Pour aymer trop l'honneur tu vis dans l'infamie ,
Le Prince est fils d'Attrée, il est donc criminel.

Sois honteux d'vn excez de generosité ,
Vse mieux du pouuoir que te donne ta flamme ,
Arme contre l'espoux la fureur de la femme ,
Immortalise toy par vne lascheté
Que me conseille tu Cliante ?

CLIANTE.
D'obeïr.

ÆGISTE.
Le Prince est innocent !

CLIANTE.
Vous le deuez haïr.

ÆGISTE.
Haïr la vertu mesme est-ce vn crime excusable ,

CLIANTE.
La vertu mesme en luy ne seroit pas aymable.

ÆGISTE.
Pourquoy?

CLIANTE.
Parce qu'il faut agir aueuglement.
Quand vn pere nous fait quelque commandement.

ÆGISTE.
Si ce commandement est iuste & legitime.

CLIANTE.

Quand vn pere commande vn crime, il n'est plus crime

ÆGISTE.

Qu'à fait Agamemnon.

CLIANTE.

           Il est né d'vn brutal,
Le iour qui le vit naistre estoit vn iour fatal.

ÆGISTE.

S'estend il iusqu'à nous le crime de nos peres.

CLIANTE.

Ne le deffendez plus, & qu'auoient fait vos freres.

ÆGISTE.

Rien qui leur meritat vn si cruel trespas.

CLIANTE.

A quoy donc ces respects que le tyran n'eust pas.

ÆGISTE.

Parce qu'il fut barbare & brutal, dois ie l'estre.

CLIANTE.

Non, mais vous auez droit du moins de le paroistre,
Vous ne le serez pas en semblable saison.
Vous ferez iustement ce qu'il fit sans raison.

ÆGISTE.

Il est vray.

CLIANTE.

           Conçeuez vne illustre colere.
Punissez sur le fils l'iniustice du pere,
Escoutez le deuoir, c'et assez combatu,

Estoufez auiourd'huy cette lache vertu,
Voicy venir l'objet dont vostre ame est esprise,
Commencez d'ebaucher vne belle entreprise.

SCENE TROISIESME

ÆGISTE, CLIANTE, CLITEMNESTRE, ELEONOR.

CLITEMNESTRE.

C'Est trop verser de pleurs, & pousser de soupirs,
Mon amour ne fait plus balancer mes desirs.
Contre luy vainement ton zele s'interesse,
Et tu ne fais icy que monstrer ta foiblesse.

CLIANTE.

Monsieur arrestez vous.

ELEONOR.

Madame qu'est cecy,
Quel soudain changement vous fait agir ainsi :
A des laches transports vostre ame s'abandonne,
Vous suiuez les conseils que vostre amour vous donne,
Ah ! Madame, estoufez vn mouuement si prompt,
Vostre honteux dessein fait rougir vostre front.

CLITEMNESTRE.

Et bien tost ses effects feront rougir ma lame,
Que ne peut vne Amante, vne Royne, vne Femme.
Tu ne lisois pas bien sur mon front mon dessein

Voicy dequoy grauer mon amour dans son sein.
Regarde, tu paslis?

ELEONOR.

Ha! cét objet me tuë

CLITEMNESRE.

Il mourra bien du coup, si tu meurs de la veuë.

ELEONOR.

Veille-ie! ou si ie dors, mes yeux & mes esprits
De quel saisissement vous trouuez-vous surpris?

CLITEMNESTRE.

Tu sçauois mon amour & i'ay peu te surprendre,
Est-il rien que ce Dieu ne nous fasse entreprendre.
Non, non, d'vn plus beau feu ie me sens embraser,
J'ayme en Royne, il n'est rien que ie ne puisse oser,
Et la mort d'vn mari te fera bien connoistre
Que Clitemnestre seule esgale Clitemnestre.

ELEONOR.

En fureur,

CLITEMNESTRE.

En amour.

ELEONOR.

En.

CLITEMNESTRE.

Ce que tu voudras
Mais laisse agir l'ardeur qui me pousse le bras.
Exagere, reprens, maudis, condamne, blasme,
Par des foibles raisons vien combatre ma flame,

Querelle le pouuoir d'vn aueugle transport
Qui retarde la mienne en procurant sa mort.
L'amour ne paroist fort que parmy les obstacles,
S'il n'est point irrité ne fait point de miracles,
Ne luy resister point, c'est le metre au tombeau,
C'est vn feu que l'amour qui se nourrit de l'eau,
C'est quand il est choqué que sa vigueur persiste,
Et n'est point violent qu'à-lors qu'on luy resiste.

ELEONOR.

Qu'à fait Agamemnon.

CLITEMNESTRE.

La mort l'a respecté.

ELEONOR.

Son retour fait son crime & vostre cruauté.

CLITEMNESTRE.

Altere nos plaisirs & trouble nostre ioye,
Il seroit innocent s'il estoit mort à Troye.
Il seroit innocent si la rigueur du sort
Au bras de Clitemnestre eust espargné sa mort,
Apres tout dois-ie craindre à l'amour asseruie
L'ayant perdu d'honneur de le priuer de vie.

ELEONOR.

Estoit-ce pas assez de ce premier forfait,

CLITEMNESTRE.

Mon amour n'estoit pas encore satisfait.

ELEONOR.

Prenez des sentimens qui soient plus legitimes.

CLITEMNESTRE.

Comme il est né d'vn crime, il dure par les crimes,

ELEONOR.

Faites le donc mourir.

CLITEMNESTRE.

Arrache moy le cœur,
Si tu veus en chasser cet aymable vainqueur :

ELEONOR.

Vn espoux mourra donc par les mains de sa femme.

CLITEMNESTRE.

Que ces laches respects sont foibles pour ma flamme,
Mon esprit attiré par les obiets presens
Ne sçauroit reconnoistre vn homme apres dix ans,
Le dessein en est pris, il faut que ie l'acheue,
Reçeuray-ie vn mary dont ie fus dix ans vefue
Je peche à son exemple en pechant apres luy,
Ce qu'il fit autrefois, ie le fais auiourd'huy.
Il rompit le premier le beau nœud qui nous lie,
Et comme il m'oublia, maintenant ie l'oublie,
L'amour est de l'amour le veritable prix,
Luy d'vne indigne ardeur honteusement espris,
Vainqueur mais enchainé, captif d'vne captiue
Perdit le souuenir d'vne flamme plus viue,
Trop aueuglé pour voir la honte de ses fers
Mesprisa les douceurs de nos chastes baisers,
Ses promesses, sa foy, mes langueurs, & mes peines,

ELEONOR.

Quoy plus.

CLITEMNESTRE.

Dix ans l'ont veu sous de semblables chaines.

ELEONOR.

Qu'auez vous arresté.

CLITEMNESTRE.

Ma mort ou son trepas,
Ie te dis mon dessein, mais ne l'empesche pas.

ELEONOR.

La mort d'Agamemnon.

CLITEMNESTRE.

Ou bien de Clitemnestre.

ÆGISTE, *Se fait voir.*

Puis-ie de vostre bras ce beau coup me promettre.

CLITEMNESTRE.

Helas !

ÆGISTE.

Quel froid glaçon fait paslir ces beaux yeux,
Qui peuuent captiuer les hommes & les Dieux,
Et ce teint, l'abregé des plus charmantes choses,
Où la blancheur des lis se couronne des roses.
Vous n'aymates iamais, cet orgueilleux vainqueur
Ne triompha iamais d'vn si timide cœur.
Il est donc vray qu'il est capable de foiblesse,
Que vous l'auez ouuert à cette lache hostesse,
Que fort de sa foiblesse & de sa lacheté

Amour

Amour n'eust point de gloire en sa captiuité,
I'auois creu que les Dieux seroient heureux d'attendre
Tout ce qu'en ma faueur vous aliez entreprendre,
Mais ma presence estoufe vn transport si pressent,
Ie ne plais à vos yeux que quand ie suis absent,
Et deuenu ialous luy mesme de luy mesme
Ægiste ne veut pas que Clitemnestre m'ayme.
Pourquoy quand ie parois, n'auez vous plus de cœur.

CLITEMNESTRE.

En puis-ie conseruer aupres de mon vainqueur,
Pour voler iusqu'à toy franchissant tout obstacle,
Ægiste, si ie vis, ie vis par vn miracle.
N'exige plus de moy contre ton ennemy
Des genereux efforts, ie ne vis qu'à demy.
Je ne puis seconder tes vœux que par des larmes,
Et si tu veus mon cœur demande l'à tes charmes,
Ils me l'ont derrobé, i'en atteste les Dieux,
Et ie n'ay plus de cœur, parce que i'ay des yeux.

ÆGISTE.

Madame, vous voulez que ie meure de ioye,
A quel contentement me donnez vous en proye,
Vous augmentez le mal quand vous le guerissez,
Et vous estes plus douce alors que vous blessez,
Mais laissez vous bruler par vne belle flamme,
Osez autant qu'vn homme, osez plus qu'vne femme,
Osez tout esperer & ne craignez plus rien,
Ie reçoy vostre cœur & vous donne le mien.

D

CLITEMNESTRE.

A ce coup ie me rends, *&* mon ame asseruie
Oblige ses desirs à suiure ton enuie,
Les plus affreux dangers me seront des esbats

ÆGISTE.

O! miracle d'amour.

CLITEMNESTRE.

Plein toy d'vn cœur si bas.

ÆGISTE.

Vos reproches icy seroient plus raisonnables,
Mais les fautes d'amour sont toutes pardonnables.

CLITEMNESTRE.

Ie te pardonne aussi.

ÆGISTE.

Vous m'en estes tesmoins.

ELEONOR.

Estant moins criminel on vous aimeroit moins.

ÆGISTE.

Cette bonté, Madame, ordonne que i'espere.

CLITEMNESTRE.

La mort d'Agamemnon.

ÆGISTE.

Agreable colere.

Illustre esmotion, nobles ressentimens,
O! Dieux, vostre courroux peut faire des amans.

Fin du premier Acte.

ACTE II.
SCENE PREMIERE.

CHRISOSTHEME, ELECTRE.

ELECTRE.

Oubs quel exceʒ de maux mon ame est abatuë.
CHRISOSTHEME.
Ton discours m'importune.
ELECTRE.
Et ton humeur me tuë.
CHRISOSTHEME.
Ie ne te croiray point, ma sœur, ton iugement
Sur tes sens auiourd'huy regne plus sainement.
La crainte se nourrit par vne coniecture,
Donne à tous les obiets vne fausse peinture,
Et c'est le seul pouuoir commun aux passions
De seduire nos sens par des illusions,
De mesme que l'espoir flatte nostre martyre,
Que l'on croit aizement tout ce que l'on desire;
Et que cette croyance à des charmes puissans
Pour nous faire gouster des biens qui sont absens;

Ainſi noſtre douleur par la crainte s'augmente,
Et l'aprehenſion rend la peine preſente,
Nous nous plaignons du coup lors que nous l'attendons,
Et nous ſouffrons le mal que nous apprehendons,
C'eſt ainſi, chere ſœur, que ton ame inſenſée
Se plaint d'vne bleſſeure auant qu'eſtre bleſſée,
Vn ſonge te fit voir leur amoureux eſbats.

ELECTRE.

Que pour moy ma folie auroit de doux appas.

CHRISOSTHEME.

Chaſſe l'impreſſion qui trouble ta penſée.

ELECTRE.

Ie benirois le ſort s'il m'auoit abuſée,
Je deurois mon bon-heur à mon aueuglement,
Mais eſtoufe, ma ſœur, vn ſi faux ſentiment,

CHRISOSTHEME.

Quoy tu veillois, ma ſœur, parle ?

ELECTRE.

Comme tu veilles,
Quand ſa voix criminelle à frapé mes oreilles,
Son crime eſt veritable ainſi que mes douleurs,
Nous ne nous trompons point dans nos propres mal-heurs.
Le ſort nous oſte tout, la force & le courage,
Quand pour nous affliger il eſpuiſe ſa rage,
Mais ces tragiques coups en ſemblable ſaiſon,
Pour nous faire ſouffrir nous laiſſent la raiſon.
La cauſe de mes maux ne fut point vn menſonge,

Si quelque songe fache, on ne soufre qu'en songe,
Noftre efprit recueilli demeure fatisfait,
Et quand la caufe ceffe on voit ceffer l'effet,
Mais il n'eft que trop vray.

CHRISOSTHEME.

Bons Dieux ! le puis-ie croire.

ELECTRE.

Aprenez cette trifte & veritable hiftoire,
Pour forcer ma douleur ie vay faire vn effort.

CHRISOSTHEME.

Prononce en peu de mots l'arreft de noftre mort ?

ELECTRE.

Tu ne peus ignorer que fon ame aueuglée
S'abandonne aux tranfports d'vne amour derreglée,
Qu'elle fait d'vn amant fon Efpoux & fon Roy,
Mais à quoy ce difcours, tu le fçais mieux que moy.
Comme l'aftre du iour ne fort iamais de l'onde
Qu'il ne fe faffe voir aux yeux de tout le monde,
Et n'ofant dementir le raport de nos fens,
La raifon treuue en luy de deffauts innocens,
On voit tout dans les Rois, mais on n'ofe fe plaindre,
Leurs crimes fe font voir ou leurs mains fe font craindre,
Et pour aller au throfne il faut monter fi haut,
Qu'on peut voir de par tout leur plus petit defaut
Ouy leurs teftes ont beau fe cacher dans les nuës
Les actions des Rois nous font toutes connuës,
Vn throfne les peut-il derrober à des yeux.

Qui treuuent quelque tache en ce miroir des Dieux.

CHRISOSTHEME.

Modere ce transport & cette violence,
Impose à ta douleur vn moment de silence.
Acheue promptement vn si facheux discours,
Et fay moy tost mourir pour ne mourir tousiours.

ELECTRE.

Nostre pere reuient pour essuyer nos larmes
Pour asseurer Argos soubs l'ombre de ses armes,
Vous le sçauez, ma sœur, mais vous ne sçauez pas
Qu' Ægiste & nostre Mere ont iuré son trespas.

CHRISOSTHEME.

O ! Dieux.

ELECTRE.

C'est vn effet, dit elle, de sa flamme,
Ses discours ont trahi le secret de son ame,
Et sans qu'elle me vit elle à fait ces sermens,
Qu'ont suiuy les baisers & les embrassemens.
Je ne balance point pour suyure ton enuie,
A ton contentement i'immolerois ma vie,
L'amour vse tousiours de son premier pouuoir,
Je ne consulte point pour te le faire voir,
La mort d'Agamemnon remplira ton attente,
Il n'est crime si grand que ne puisse vne amante.
Ie te le iure, Ægiste, en iurant son trepas,
Je vay manquer de foy pour ne t'en manquer pas.

CHISOSTHEME.

Brisez là ce discours, ie voy venir ma mere.

ELECTRE.

Si vous estez ma sœur appreuuez ma colere.

CHRISOSTHEME.

Il n'est pas temps encor de la laisser agir.

ELECTRE.

Attendons donc, ma sœur, quand nous verrons rougir,
Et fumer vn cousteau du sang de nostre pere.

SCENE SECONDE.

CHRISOSTHEME, ELECTRE, CLITEMNESTRE,

CHRISOSTHEME,

Soyez moins indocile aux aduis de ma mere.
Employez-vous, Madame, à vaincre ses douleurs,
Arrestez ses souspirs & tarißez ses pleurs,
A iuger des frayeurs dont son ame alarmée,
A mes plus sains aduis à l'oreille fermée,
Sa douleur qui s'irrite au nom de guerison
A deliuré ses sens du ioug de la raison,
Le mal qui la poßede est vne frenesie,
Qui regne apparemment dedans sa fantaisie
Et son trop foible esprit honteusement gesné,
Ne peut estre gueri s'il n'est abandonné,

Contre elle vainement mon zele s'euertuë,
Qui pourroit guerir ceux que le remede tuë,
L'ame seule est malade, & ce dereglement
Me fait plus accuser que plaindre son tourment.

ELECTRE.

Allez cruelle sœur?

CHRISOSTHEME.

Ie n'ay rien peu, Madame.

CLITEMNESTRE.

Je sçay bien le moyen de lire dans son ame.

ELECTRE.

Chrisostheme mes maux ont pour vous des appas.

CLITEMNESTRE.

I'en veus sçauoir la cause,

CHRISOSTHEME.

Elle ne la sçait pas.

CLITEMNESTRE.

Quelques maux que ce soient, i'en porte le remede.

CHRISOSTHEME.

Adieu ma sœur.

ELECTRE.

Adieu.

CHRISOSTHEME,

Que la raison vous ayde.

SCENE

SCENE TROISIESME

CLITEMNESTRE, ELECTRE

CLITEMNESTRE.

MA fille partagez mes vœux & mes plaisirs,
Il ne reste plus rien digne de vos desirs,
Aussi vous ne pouuez, sans quelque ingratitude,
Troubler par vos soupirs l'air de la solitude,
Vostre pere reuient terminer vos douleurs,
Et cet heureux retour ne soufre point de pleurs,
Lors que les Dieux nous font vne faueur insigne,
Ne la goustant pas, on s'en rendroit indigne,
Rendez, rendez le calme à vos esprits troublez,
Mais à quoy ces senglots si souuent redoublez,
En vn temps qui nous doit estre si desirable,
Cette passiue humeur me semble insuportable.

ELECTRE.

Elle l'est, mais Madame, vn secret mouuement
M'oste la liberté de paroistre autrement,
Ie cherche vainement de matieres de crainte,
Pas vne ne sçauroit auctoriser ma plainte,
Ie crains tout & ne puis dire ce que ie crains,
Et sans sçauoir pourquoy ie pleure & ie me plains,
Destin capricieux, deplorable auanture,

Sans crime & sans bourreau ie suis à la torture.
Je suis ingenieuse à faire mes tourmens,
Je ne puis prendre part à vos contentemens,
Mon pere a veu pour soy combatre la fortune,
Et pourtant son retour me fache & m'importune,
D'autre part son retour à pour moy mille appas,
Enfin ie le voudrois & ne le voudrois pas.

CLITEMNESTRE.

Quel outrageux Demon ennemy de ma flamme,　bas
Pour nuire à mes desseins fait balancer son ame,
Doncques de nos plaisirs vous tirez vos douleurs,
Doncques vous arrosez nos roses de vos pleurs,
Lors qu'vn Royaume entier se pasme d'allegresse,
Vous faites dans vos yeux regner vostre tristesse,
Vous seule sans sçauoir ny comment ny pourquoy.

ELECTRE.

En l'estat ou ie suis, Madame, plaignez moy.

CLITEMNESTRE.

Je ne puis appreuuer cette humeur frenetique.

ELECTRE.

C'est vn effect du sort Barbare & Tyrannique.

CLITEMNESTRE.

Par quelque estrange coup qu'il se rende fatal,
Il nous permet tousiours de sçauoir nostre mal.

ELECTRE.

Il seroit moins cruel, & moy moins miserable,
Il me cache le mien pour le rendre incurable.

CLITEMNESTRE.

Ce genre de douleur ne m'estoit pas conneu.

ELECTRE.

Pour estre sans remede il doit estre inconneu.

CLITEMNESTRE.

Accident bien nouueau.

ELECTRE.

        Mais cruelle aduanture,
Le sort pour m'affliger renuerse la nature.
Espuise ma constance, espuise sa rigueur,
Et de tous les mal-heurs il n'en fait qu'vn mal-heur.

CLITEMNESTRE.

Mais le retour d'vn pere appaise cet orage.

ELECTRE.

Mais le retour d'vn pere acheue mon naufrage.
Precipite ma mort, avance mon trespas,
Et mon mal finiroit s'il ne reuenoit pas,
Dans l'excez des mal-heurs dont le destin m'acable,
Mon cœur ne seroit pas de plaisir incapable,
Si ce Roy mal-heureux eust fini ses tourmens,
Soubs ces murs esbranlez iusques aux fondemens,
Ie me consolerois s'il estoit mort à Troye,
Si du feu deuorant il eust esté la proye,
S'il eust comme vn Phœnix alumé son bucher,
Pour enhardir la mort qui n'osoit approcher.

CLITEMNESTRE.

Enfin elle en dit trop, & ma crainte redouble.

Fille sans iugement ?

ELECTRE.

Dieux ! comme elle se trouble.

Ouy pour fuir le danger où ie le voy courir,
Je voudrois qu'il fut mort, & l'auoir veu mourir,
Si l'ombre seulement le couure d'infamie,
La Parque en l'espargnant luy fut bien ennemie;
Une ville embrasée eust serui de flambeau,
Sous le debris d'vn throsne il eust veu son tombeau.
Et l'horreur de la nuit couurant sa sepulture
Eust fait porter le dueil à toute la nature.
Sa cendre auec mes pleurs eust produit des lauriers
Pour ombrager le front des plus braues guerriers.
Au lieu que son mal-heur le conduit ... mais silence,
Ma douleur me trahit dans cette violence.

CLITEMNESTRE.

Vostre pere a pour soy les cœurs de ses sujets.

ELECTRE.

Ce n'est pas d'eux aussi dont il craint les projets.

CLITEMNESTRE.

Qui sont ses ennemis.

ELECTRE.

Des ennemis qu'il ayme,
Et qui le font l'objet d'vne fureur extreme,
Pour qui tant seulement il respire le iour,
Pour qui tant seulement il a de cœur d'amour.
Qui prennent les conseils que la rage leur donne,

Et qui luy sont plus chers qu'vne double couronne,
Qui veulent son trespas, qui le veulent trahir,
Et que traistres qu'ils sont, il ne sçauroit hair.

CLITEMNESTRE.

Et qui sont ces ingrats, faites les moy connoistre.

ELECTRE bas.

Quoy tu ne connois pas Ægiste & Clitemnestre,
Parle à luy parle à toy.

CLITEMNESTRE.

Nommez les.

ELECTRE.

Ie ne puis.

CLITEMNESTRE.

Pourquoy ma fille ainsi rengreger mes ennuis,
Laissez à mon amour cette ville conqueste,
Laissez executer l'arrest de leur defaite.
Laissez cette vengence à mon iuste courroux.

ELECTRE.

Ah! Madame, leurs maux s'estendroient iusqu'à vous?

CLITEMNESTRE.

Comment.

ELECTRE.

En vain contre eux vostre amour s'interesse.
Rendez à vostre cœur sa premiere foiblesse,
Vous partagez ensemble & plaisir & douleur
Leur disgrace est la vostre & la vostre est la leur,
Vous bruslez auec eux d'vne commune flamme,

Vous auez mesme cœur, mesme desir, mesme ame,
Enfin vous ne pouuez les rendre mal-heureux,
Ny les faire mourir sans mourir auec eux.

CLITEMNESTRE.

Mon crime est descouuert, iuste Ciel qu'elle atteinte, *bas*

ELECTRE.

Enfin par ce propos la colere est esteinte.

CLITEMNESTRE.

Dans mon premier dessein ie demeure tousiours,
Nommez moy ces ingrats.

ELECTRE.

      Escoutez ce discours.

Ie ne balance point pour suyure ton enuie,
A ton contentement i'immolerois ma vie,
L'amour vse tousiours de son premier pouuoir,
Ie ne consulte point pour te le faire voir,
La mort d'Agamemnon remplira ton attente,
Il n'est crime si grand que ne puisse vne amante,
Ie te le iure, Ægiste, en iurant son trepas.

CLITEMNESTRE.

Que dit elle, bons Dieux!

ELECTRE.

      Vous ne le sçauez pas.

CLITEMNESTE.

Non, & ce vain discours ne me fait rien connoistre.

ELECTRE.

Vous ne connoissez pas Ægiste & Clitemnestre,

Laissez , laissez regner la foiblesse à son tour ,
Permettez que l'amour cede enfin à l'amour ,
Mais vostre amour esteinte à vostre amour presente ,
Et Clitemnestre espouse à Clitemnestre amante
Calmez, calmez, Madame, vn si iuste courroux ,
Ne vous obstinez pas à vanger vn espoux ,
Escriuez de son sang dessus son cimetiere ,
Qu'vne plus viue flamme estoufe la premiere ,
Qu'il ne fut iamais mort s'il vous eust esté cher ,
Mais que l'amour esteint alume son bucher ,
L'oseroit elle bien, cette main sacrilege ,
D'vn sang si precieux faire rougir sa neige ,
Assassiner vn Roy digne d'estre chery :
Effacer ton portrait du cœur de ton mary.
Faire voir en la mort de ce braue Monarque ,
Que tout peut augmenter l'empire de la Parque ,
Qu'il faut priuer les Dieux de l'honneur des Autels
Et qu'on peut voir mourir mesme les immortels ,
Mais s'il reste à ton cœur quelque peu de tendresse ,
S'il te reste ton cœur , si tu n'es pas tigresse ,
Execute du moins cet arrest inhumain ,
Par ta cruelle bouche , & non pas par ta main ,
Son ame quittera sa premiere demeure ,
Si ce mot peut sortir de ta bouche, qu'il meure ?
Cet innocent mourra se voyant condamné ,
Et son corps à tes pieds de l'ame abandonné
Faira connoistre à tous insensible , inhumaine ,

Qu'il ayma mieux mourir que viure auec ta haine ?
Au moment que tes yeux le sçeurent enflammer,
Il commença de viure en commençant d'aymer,
Ce iour fut le premier d'vne si belle vie,
Qui d'vne indigne mort sera bien tost suiuie,
Donc si ta passion demande son trespas,
Empesche le d'aymer ? mais tu ne le peus pas ?
Il bruslera tousiours pour toy, pour toy cruelle ?
Car l'amour est son ame, & l'ame est immortelle,
Ses chaisnes dans l'Enfer feront tout son tourment,
Et le seul feu d'amour bruslera cet amant,
Pousse auant pousse auant ; ton aueugle colere,
Femme ? car ie ne puis te dire encore mere.
Ne te contente pas de luy percer le flanc ?
Desaltere ta rage & soüle toy de sang ?
Va l'attendre, il reuient, pour faire de sa vie,
Un sanglant sacrifice à ta brutale enuie,
Coupe donc promptement la trame de ses iours ?
Va viste, ne crains rien, on vient à ton secours ?

SCENE QVATRIESME.

ELECTRE, CLITEMNESTRE, ÆGISTE.

ELECTRE.

Vien ioindre tes efforts à ceux de Clitemnestre,
Dans ce triste accident que vostre amour fait naistre

Elle

Elle suspend ses vœux, & i'ay peu la forcer
A bannir de son cœur vn si lache penser.
Il resue.

ÆGISTE.

Ma Princesse?

ELECTRE.

Ah! que ce mot de flamme,
Est puissant sur son cœur, est puissant sur son ame,
Ces fournaises d'amour & ces sources de feus,
Ces yeux la font resoudre à tout ce que tu veus,
Pour pouuoir resister au pouuoir de tes charmes
Elle ne treuue point d'assez puissantes armes,
Mais quand tes coups deuroient luy causer le trepas,
Qui cherche à se blesser ne s'en deffendroit pas,
Par tes diuins regards son ame est obsedée,
Par de noires vapeurs sa raison possedée,
Elle ayme le venin que luy versent tes yeux,
Ses blesseures n'ont rien qui luy semble odieux,
Plus elle est outragée, & plus elle est contente,
Et la plus longue mort remplit mieux son attente.
Va tremper vn poignard dedans le sang Royal?
Acheue les desseins qu'inspire vn desloyal?
Ne crains pas, ne crains pas, que personne t'accuse,
Ægiste le commande & son pouuoir t'excuse.
Par vn arrest d'amour, du destin & des Dieux,
Ta main doit acheuer l'ouurage de tes yeux,
Ouy, ta main de son corps doit arracher vne ame,

Que tes yeux ont bleßée auec vn trait de flamme,
Ainsi l'ont destiné ses astres inhumains,
A languir par tes yeux, à mourir par tes mains.

ÆGISTE.

Vous perdez le respect.

ELECTRE.

Ie le doy.

ÆGISTE.

Mais Electre.

Vous parlez à la Royne.

ELECTRE.

Ah ! cet à Clitemnestre.
Qui fait d'vne couronne vn fardeau bien honteus
Qui ne doit point le throsne à ses propres vertus,
Qui ternit lachement l'esclat qui l'enuironne,
Qui sans la meriter possede vne couronne,
Et de qui quand le Ciel fit esclater le front
S'il ne fut pas aueugle, il eust le bras trop prompt.
Ne repais plus mes yeux de l'objet de son Sceptre,
Qui ne vit pas en Royne est indigne de l'estre,
Peut-on donner ce nom à celle dont le cœur
Souspire soubs les fers d'vn infame vainqueur,
Non, que la verité la fasche & l'importune
N'ayant point de merite, elle à trop de fortune,
Je n'ay point de respect pour qui n'a point de foy,
Et ne puis honnorer qui n'ayme pas le Roy.

CLITEMNESTE.

Ingrate oubliez-vous que ie suis vostre mere.

ELECTRE.

Cruelle oubliez vous ce que vous est mon pere,
Oubliez vous qu'il est vostre espoux, vostre Roy.

ÆGISTE.

Que dit elle bons Dieux !

ELECTRE.

Tu le sçais mieux que moy.
Et vous de qui l'amour engage la franchise
Alez viste acheuer cette belle entreprise,
Soulez cet enragé du sang de vostre espoux,
Et dans ce mesme sang noyez vostre courroux,
Pour moy... mais vous sçaurez ce que ie voulois dire.

SCENE CINQVIESME.

CLITEMNESTRE, ÆGISTE.

Et bien permetras-tu du moins que ie souspire,
Puis-je sans te deplairre en de si grands mal-heurs
Confondre mes souspirs, mes plaintes & mes pleurs,
Puis-je sans te facher n'estre plus une souche,
A de iustes sanglots ne fermer plus la bouche,
Te faire voir icy mon visage inesgal,

Et permettre à mes yeux de parler de mon mal,
Ouy, ouy iusqu'à ce point par le sort trauersée,
Pour n'estre pas sensible, il faut estre insensée,
Et le sort ne nous laisse en semblable saison,
Que beaucoup de douleur, ou fort peu de raison.

ÆGISTE.

Madame, il est bien vray, mon courage s'estonne,
Ie paslis, ie rougis, ie tremble, ie frisonne,
Ie fais.... que ne fais-ie reduit en dernier point,
Madame, ie fais tout, mais ie ne pleure point,
Si le destin m'attaque auec toutes ses armes
Ie verseray de sang, mais sans verser de larmes,
Vn noble desespoir viendra me secourir,
Et deuant que pleurer on me verra mourir,
I'appreuue vne douleur & iuste & legitime,
Nos desseins descouuerts ont fait voir nostre crime,
Si toutefois ce nom sied bien à cet effet,
Et si l'excez d'amour se peut dire vn forfait.
Le Roy sçaura bien-tost la genereuse enuie
Qui nous faisoit tous deux attenter sur sa vie,
Vous sçauez quel supplice on garde à cet effort,
Et que le seul desir nous merite la mort,
Il n'est plus temps icy de flatter nostre flamme,
Le Roy croira plustost sa fille que sa femme,
Car afin d'espargner de propos superflus
On croit facilement ce que l'on craint le plus.

TRAGEDIE.

CLITEMNESTRE.

Vous connoissez le Roy, vous sçauez comme il m'ayme.

ÆGISTE.

Il est vray que pour vous son amour est extreme,
Mais, l'as! n'oubliez pas pour vostre seureté
Qu'il fait mal se fier à l'amant irrité,
Et pour vous dire tout, il vous ayma, Madame,
Tandis que vostre amour respondoit à sa flamme,
Quand le vostre brusla, son cœur fut enflammé,
Enfin il vous ayma quand il creut d'estre aymé,
Mais s'il voit maintenant à trauers vostre feinte,
Que cette ardeur n'est plus que de la cendre esteinte,
Qu'vn feu plus violant vous le faisoit trahir,
Que vous le haissez, peut-il pas vous hair,
Peut-il pas à vos yeux sur sa flamme estouffée
Permettre à son courroux d'esleuer vn trophée,
Reigler ses actions sur vostre sentiment,
Et vous voyant changer courir au changement,
Deuenir inhumain enuers vne inhumaine,
Et d'vn excez d'amour faire vn excez de haine.
Ah! Madame, il perdra qui vouloit l'outrager,
Car nous n'espargnons rien pour sortir de danger.

CLITEMNESTRE.

Faites moy donc mourir auec moins d'infamie?
Animez contre moy vostre amour endormie?
Si la mort ne me vient de la main d'vn espoux
Vos coups les plus cruels me seront les plus doux,

Frapez, frapez, Ægiste, & dans cette aduanture
Ægiste en ma faueur renuersez la nature ?
Parce que vous m'aymez, donnez moy le trepas ?
Montrez si vous m'aymez que vous ne m'aymez pas ?
Puisque la seule mort peut terminer ma peine
Preuuez moy vostre amour par des effets de haine ?
Laissez, si vous auez, encor quelque amitié,
A vostre cruauté desarmer la pitié,
Lors que soubs tant de maux nostre ame est abatuë
Le coup le moins cruel est celuy qui nous tuë,
Enfin si les amans partagent mesme vœux
Soyez, soyez, cruel, parce que ie le veus.

ÆGISTE.

Auez vous quelque amour pour mon ame enflammée.

CLITEMNESTRE.

En pouuez-vous douter.

ÆGISTE.

Croyez vous d'estre aymée.

CLITEMNESTRE.

Ouy ...

ÆGISTE.

Si tous les amans ont mesme volonté,
Abhorrez comme moy cette inhumanité,
Partagez auec moy quelque plus belle enuie
Et puisque ie le veus, conseruez vostre vie,
Où si de mon amour vous voulez cet effort.
Allons, allons tous deux dans les bras de la mort.

Croyez vous qu'apres vous Ægiste voulut viure
Croyez vous qu'il le peut, non, non ie vous veus suiure,
Par tout où vous irez ie m'attache à vos pas
Et nous deuons mourir par vn mesme trepas.
Le Dieu qui dans nos cœurs fit naistre nostre flamme,
En deux corps embrasez ne respandit qu'vne ame,
Ie suis prest apres tout de seconder vos vœux,
Mais aussi consentez à la mort de tous deux.

CLITEMNESTRE.

Viuons, donc, ie ne puis soufrir cette pensée
Et l'ame que tu dis en doit estre offencée.
Puis que tu veus mourir & pour l'amour de moy,
Ie me resous à viure & pour l'amour de toy,
Si par l'estrange arrest du Dieu qui nous assemble,
Nous ne pouuons mourir sans mourir deux ensemble
Prolongeons de nos ans le deplorable cours,
Viuons? mais pour mourir mille fois tous les iours.

ÆGISTE.

Pourquoy.

CLITEMNESTRE.

Le Roy....

ÆGISTE.

Si vous aydez mon artifice.
Nostre crime sans doute eschape à sa iustice.

CLITEMNESTRE.

Et comment se peut-il, depesche promptement,
Et donne à ma douleur quelque soulagement.

ÆGISTE.

Mais ie vous fais sçauoir auant que vous l'apprendre
Qu'il faut auoir du cœur pour pouuoir l'entreprendre.

CLITEMNESTRE.

A quoy tant de propos, à quoy tant discourir
Que peut craindre le cœur qui peut oser mourir.
Si mesme dans la mort il treuue des amorces
S'il est desesperé peut-il manquer de forces.

ÆGISTE.

Quoy que cet accident nous ayt beaucoup surpris,
Il faut paracheuer le dessein desia pris,
Il faut iusqu'à la fin conduire l'entreprise
Et se resoudre à tout pour sauuer la franchise.
Ne nous estonnons point pour ce premier succez
Car les plus grands desseins sont les plus trauersez.
Soyons plus genereux plus nous treuuons d'obstacles;
Vous sçauez que l'amour est le Dieu des miracles,
S'il n'est point combatu qu'il cede sans effort
Et que l'empeschement le rend tousiours plus fort,
Alez, alez, Madame, acheuez la carriere,
Courez deuant le Roy, voyez le la premiere
Pour preuenir Electre, & ioüer vn bon tour
Empruntez auiourd'huy les ayles de l'amour,
Et que pour satisfaire à mon impatience,
Vostre legerete preuue vostre constance,
Apres mille baisers & mille embrassemens
Pour mieux cacher au Roy vos secrets sentimens,

Vous

Vous luy fairez sçauoir qu'Electre est insensée,
Que d'vne fole erreur sa raison est blessée,
Que ses discours font foy de son desreglement,
Qu'elle a perdu le sens.

CLITEMNESTRE.

        L'artifice est charmant.

ÆGISTE.

Et mesme exprimez - luy qu'elle est la frenesie
Qui maistrise en tout temps sa foible fantesie.

CLITEMNESTRE.

Dieux! que l'amour voit clair dans son aueuglement,
I'attens vn bon succez de ce commencement,
I'y cours, & tu sçauras bien tost de mes nouuelles,
Ta seule volonté me fournira des ayles.

ÆGISTE.

Adieu mon ame.

CLITEMNESTRE.

        Adieu i'y vole de ce pas,
Et ie sçauray mourir si le Roy ne meurt pas.

Fin du second Acte.

ACTE III.
SCENE PREMIERE.

CLITEMNESTRE, seule.

Ede, cede à l'amour ô! raison importune,
Ne vien plus t'opposer à ma bonne fortune,
L'amour à pris la place, il a peu me forcer,
Perds l'espoir, perds l'espoir de iamais l'en
chasser :
Ta voix est desormais impuissante & friuole,
Car c'est presque tout vn estre amoureuse & fole,
Et l'on voit peu souuent l'amour & la raison
Eslire leur demeure en la mesme maison.
Mon crime en ce point là me semble pardonnable,
On ne doit pas punir qui n'est pas raisonnable !
On est plustost à plaindre en ce dereglement
Et la cause du crime en est le chastiment.
Amour subtil tyran ! par la mesme manie
Ie te voy Clitemnestre & coupable & punie ?
Ce bourreau que tu sens & que tu ne vois pas
Necessite ta main à donner ce trepas ?

A terminer le cours de la plus belle vie :
Qui fut iamais aux loix des Parques asseruie.
Celuy qui de tes maux fait naistre tes plaisirs,
Aussi bien que ton cœur enchaisne tes desirs.
C'est ainsi, Dieu cruel, que ton pouuoir nous braue,
Plus on est amoureuse, & plus on est esclaue,
Dés le fatal moment que ce trop lache cœur
Se rendit sans defence à ce traitre vainqueur,
Qu'il accepta ses fers & le receut pour maistre
Plus il le reconneut, moins ie fus Clitemnestre.
Ie treuuay des appas dans la captiuité,
Qui peurent effacer ceux de la royauté.
Clitemnestre esclattante & Royne & couronnée
Sembla porter enuie à soy mesme enchaisnée :
Mes premiers ornemens ne me furent plus chers,
Ie mis mon Diademe au dessous de mes fers,
Et ie dy, me plaignant, de ma flamme amoureuse
Qu'elle venoit trop tard me rendre mal-heureuse.
Mais helas ! pourquoy perdre en discours superflus
Les precieux momens qui ne reuiennent plus.
Dieu cruel ? Dieu de sang ? ie vay te satisfaire,
Et puis que tu le veux, sa mort est necessaire ?
Vrayement tu pouuois bien choisir vn autre bras ?
Ou du moins t'apaiser par vn autre trepas?
Me faire conceuoir de feux plus legitimes,
Exiger de deuoirs, n'exiger pas de crimes,
Chercher à tes arrests d'autres executeurs,

Et soufrir l'innocence en tes adorateurs,
Mais c'est auec raison, mais c'est auec iustice,
Que tu fais mon forfait, toy qui fais mon supplice,
On te croiroit iniuste, & tu veus l'empecher,
Si tu nous punissois sans nous faire pecher,
Mais si de trop d'espoir mon amour ne me flate
Il m'est permis enfin de te voir Euribate.

SCENE SECONDE.

CLITEMNESTRE, EVRIBATE.

EVRIBATE.

IL ne nous flatte point, ouy Madame, c'est moy
Qui pour vous aduertir ay deuancé le Roy,
En despit de Neptune, en despit de l'orage,
Le seul vaisseau Royal vient baiser le riuage,
Mais ne m'obligez pas à vous entretenir
Des assauts que le sort nous à fait soustenir.

CLITEMNESTRE.

Parle, parle Euribate, vne Royne affligée,
Lors qu'elle sçait son mal est beaucoup alegée,
Qui ne peut se resoudre à sçauoir ses mal-heurs
Auec son desespoir augmente ses douleurs,
On ne soufre souuent qu'à faute de courage,
Les maux qui sont douteux tourmentent d'auantage.

Ie suis accoustumée aux iniures du sort,
Et craindre de mourir est pire que la mort.

EVRIBATE.

Vn Vlisse, vn Sinon, leur ruses & leurs larmes
Auoient eu les effects que n'eurent pas nos armes.
Vne montaigne d'Ais, vn monstrueux cheual,
Dont le ventre orgueilleux nous seruit d'arcenal.
Auoit conformement aux decrets des oracles,
De nos iustes desirs brisé tous les obstacles.
Et du grand Ilion, cet ouurage des Dieux,
La cendre au gré du vent nous offençoit les yeux.
Tous les soldats lassez des trauaux de la guerre
Deschargent leur costé d'vn pesant cimeterre,
Montent sur nos vaisseaux, & cherchent de moyens
A triompher des flots ainsi que des Troyens.
On donne le signal, & les proües Royales
Nous tracent de chemins sur les eaux desloyales,
Nous fumes quelques iours caressez du beau temps
Et creumes que les flots n'estoient plus inconstans,
Nous n'obseruions pas vn de ces tristes presages
Qui viennent desier de la part des orages,
Vn Zephir languissant pour ne nous pas troubler
Permetoit seulement aux ondes de trembler,
Mais las! que ce penser me fache & m'importune,
Enfin nostre bon-heur rendit ialoux Neptune,
Æole, ce tyran, qui fait les tourbillons,
Affranchit de leur ioug ses vistes postillons.

G 3

Ces poissons couronnez, messagers de tempestes
Nous viennent asseurer de nos proches deffaites,
Et par les divers bonds qu'ils font dedans la mer,
Nous creusent le tombeau qui nous doit abysmer.
Le Soleil ramassoit sa blonde chevelure,
Et faisoit perdre à tout sa premiere peinture,
Lors que la nuit voyant son cher frere au cercueil
D'une noire vapeur fit un habit de dueil,
Et de nouveaux brouillards meslez à ces tenebres
Font que tous les objets nous paroissent funebres.
La mer sort de son lict, & monte iusqu'aux Cieux,
Neptune sur les flots querele tous les Dieux,
Tous les Dieux irritez s'arment contre Neptune,
Nostre esperance meurt, nostre perte est commune,
Et la rigueur du sort nous reduit à ce point
Que nostre salut est de n'en esperer point.
Nostre pompe nous perd, & pour plus grand outrage
La mer fait des vaisseaux les outils de sa rage,
De la prouë de l'vn qu'il chasse de son rang,
Il ouure aux opposez ou la poupe ou le flanc,
Les autres exposez à la mercy des ondes,
Font inutilemens de courses vagabondes,
Plusieurs, & presque tous, sans mast, sans matelots
Sont le honteux ioüet du destin & des flots.

CLITEMNESTRE.

Que disent les soldats?

EVRIBATE.

Qu'ils baiseroient l'espée.
Qu'à verser tout leur sang ils verroient occupée.
Que dans les diuers maux dont nous comble le sort
C'est estre mal-heureux que de n'estre pas mort,
Qu'il est doux aux grands cœurs d'aller soubs les murailles
Chercher à leur valeur de dignes funerailles,
Que la Parque est charmante & qu'elle a des appas
Quand la main d'vn Hector apporte le trepas.
Quand on vend cherement & son sang & sa vie,
Quand d'vne indigne mort elle n'est point suiuie,
Quand nostre mort nous donne vn rang entre les Dieux,
Et qu'il fait bon mourir quand on meurt glorieux.
Mais las!

CLITEMNESTRE.

Acheue donc, enfin.

EVRIBATE.

Le Roy des astres.
En ramenant le iour descouurit nos desastres,
Et cet œil qui voit tout, vit alors de mal-heurs,
A qui nos ennemis auroient donné de pleurs.

CLITEMNESTRE.

Le Roy.

EVRIBATE.

Ne pallit pour vn si grand naufrage,
Il treuua tout danger moindre que son courage,
La peur n'eust iamais droict de luy saisir le cœur,

Il fut touſiours luy meſme, il fut touſiours vainqueur.
Sa bouche à des souſpirs ne fut iamais ouuerte,
Il deſpita les Cieux coniurez à ſa perte,
Il parut moins eſmeu dans ce triſte accident
Que ce Dieu dont la main s'honnore du trident,
Et par ſes actions il nous fit bien connoiſtre,
Qu'il ſeroit immortel.

CLITEMNESTRE, bas.

S'il n'auoit Clitemneſtre.

EVRIBATE.

Si la parque dont tout craint les fatales mains
En reſpectoit quelqu'vn entre tous les humains,
Cependant affranchy du courroux de l'orage
Son vaiſſeau maintenant eſt fort pres du riuage.

CLITEMNESTRE.

Alons le rancontrer pour auoir le plaiſir,
De le voir la premiere, allons.

EVRIBATE.

Iuſte deſir.

CLITEMNESTRE.

Voyez venir Electre.

EVRIBATE.

Il luy faudroit apprendre.

CLITEMNESTRE.

Non, ne luy dites rien, car ie la veus ſurprendre,

SCENE

SCENE TROISIESME.

CHRISOSTHEME, ELECTRE,

CHRISOSTEME.

CHerche la solitude *&* cache tes souspirs ?
Confine dans ton cœur, tes maux, tes deplaisirs ?
Pourquoy ravir ainsi soubs l'espaisseur des larmes
Aux beautez de tes yeux la force de leurs charmes,
Soufre ? car tu le dois dans vn si grand mal-heur,
Mais soufre dans ton ame *&* cache ta douleur ?
Vn grand cœur est honteux de la faire paroistre,
Et s'il en est atteint ne le fait point connoistre,
Comme vn ferme rocher dans le milieu des flots
Tousiours parmy le trouble *&* tousiours en repos.

ELECTRE.

Vn cœur pour t'obeïr doit estre vn cœur de roche,
Icy ma lacheté ne soufre aucun reproche,
Dans les extremes maux c'est gloire de pleurer,
Le plus grand cœur sans honte à droit de souspirer,
La gloire par les pleurs ne peut estre flestrie,
Lors que la fermeté resent la Barbarie,
Et quand vn sort semblable en fait de mal-heureux
A moins que d'estre tigre on n'est point genereux.

CHRISOSTEME.

Ah! ma sœur, ce discours fait voir vne ame basse,
Vous vous croyez blessée auant qu'on vous menace?
Et vostre foible esprit par sa crainte deceu
Souspire pour vn coup & ne l'a pas receu?
Croyez-vous ma douleur moins viue que la vostre?
Voyez-vous d'vn mesme œil vostre mal & le nostre?
Suis-ie pas exposée à de semblables coups,
Attens-ie pas du sort mesme rigueur que vous,
De pareilles frayeurs sont toutes les alarmes
Mais cependant mes yeux ne fondent point en larmes,
La douleur me saisit, les Dieux m'en sont tesmoins,
Autant ou plus que vous, mais elle paroist moins,
Ie soufre, vous souffrez? mais i'ay plus de courage,
Le trouble de mon cœur laisse en paix mon visage,
On diroit que mes maux ne sont pas sans douceur,
Et ie doute apres tout si vous estez ma sœur?

ELECTRE.

Que ie hay les efforts que vostre bouche estale,
Ie ne puis imiter vne vertu brutale,
Viuez, viuez, ma sœur, sans ietter de soupirs,
Ne prenez point de part à tant de deplaisirs,
Mais puis que i'en reçoy la plus sensible attainte,
Soufrez la liberté d'en former quelque plainte,
Et laissez moy gouster le plaisir rigoureux,
Que le recit des maux apporte aux mal-heureux.
Ie suis foible, il est vray, c'est le vice des flammes,

CHRISOSTEME.
La foiblesse n'est pas conneuë aux belles ames,
Nous voyons parmy nous de cœurs moins abatus,
On ne nous defend pas l'vsage des vertus,
La nature à ce sexe est vn peu moins contraire,
La foiblesse n'est pas vn defaut necessaire,
Comme ailleurs parmy nous on fait de grands efforts,
La beauté de nostre ame est peinte en nostre corps,
En chaque sexe il est de diuerses personnes,
Et s'il est des Heros, il est des Amasonnes,
Pour nous que la naissance esleue au plus haut rang
Osons quelque action digne de nostre sang,
Nous auons droit, ma sœur, estant ce que nous sommes,
De pouuoir aspirer à la vertu des hommes.

ELECTRE.
Moy i'ay droit de pleurer estant ce que ie suis,

CHRISOSTEME.
Que veut Eleonor.

ELECTRE.
Augmenter mes ennuis.

SCENE QVATRIESME.

CHRISOSTEME, ELECTRE, ELEONOR.

ELEONOR.

Goustez mieux le bon-heur que le Ciel vous enuoye,
Faites dedans vos yeux esclater vostre ioye,
Vostre pere est venu, que faites vous icy?

ELECTRE.

Nous pleurons.

ELEONOR.

Vous pleurez.

ELECTRE.

Nous le deuons aussi

ELEONOR.

Quoy pleurer en ce temps, vos larmes font vos crimes.

ELECTRE.

En ce temps seulement elles sont legitimes.

ELEONOR.

Quand vn pere reuient.

ELECTRE.

Quand il court au trepas

ELEONOR.

Que ce discours m'estonne.

ELECTRE.

> Il ne te surprend pas,

Tu sçais bien...

ELEONOR.

> Ie sçay bien qu'vn Royaume l'adore,

ELECTRE.

Mais tire moy de peine est-il point mort encore.

CHRISOSTEME.

Elle perdra le sens.

ELEONOR.

> Que me demandez vous?

ELECTRE.

Est il mort dis le moy?

ELEONOR.

> Qui?

ELECTRE.

> Ce coupable Espoux.

Est-il mort cet objet d'vne iuste colere.

ELEONOR.

De qui me parlez vous?

ELECTRE.

> De ton Roy? de mon Pere?

Est-il mort?

ELEONOR.

> Vous resuez, si ie ne resue pas.

ELECTRE.

Allons donc empescher, où venger son trespas.

SCENE CINQVIESME.

CLIANTE, ELEONOR.

CLIANTE.

E Scoute Eleonor, ayme tu Clitemnestre?

ELEONOR.

Ouy ie l'ayme.

CLIANTE.

Il est temps de le faire connoistre.

ELEONOR.

Et dequoy s'agit-il.

CLIANTE.

De tout.

ELEONOR.

Dy moy comment?

CLIANTE.

Il n'est pas temps icy.

ELEONOR.

Depesche promptement?

CLIANTE.

Donne luy ce papier.

ELEONOR.

Il me fait voir mon crime.

CLIANTE.

Que ta fidelité responde à mon estime.

ELEONOR.

Cliante tous ces traits me deschirent le cœur.
De combien de remors ie soufre la rigueur.
Les Dieux ont bien vengé la vertu mesprisée,
Mon ame vit encore en lambeaux diuisée,
Les ames des serpens peuuent durer ainsi,
La mienne est plus brutale, elle le peut aussi.

CLIANTE.

Mauuaise qu'entens-ie?

ELEONOR.

Qu'auons nous fait Cliante.

CLIANTE.

Est ce ainsi qu'à mes yeux tu trompes mon attante,
Si tu peus consentir à cette lacheté,
Vn tigre auroit horreur de ta brutalité,
Non non, n'en parlons plus, depose cette lettre,
Comme vn riche thresor aux mains de Cliuemnestre,
Partager les projets que son esprit conçoit,
Faire ce qu'elle veut c'est faire ce qu'on doit,
Tu peus tout entreprendre & sauuer ton estime,
Demeurer innocente en commetant vn crime,
Exercer ta vertu dans vn employ si bas,
Et quand elle le veut le vice à des appas.

ELEONOR.

Dieux! si vostre iustice en demeure offensée
Voyez si ie fais mal, que ie m'y voy forsée.

SCENE SIXIESME.

AGAMEMNON, CLITEMNESTRE, ÆGISTE.

EVRIBATE, Suite du Roy.

AGAMEMNON.

Qve cette impreſſion, & ces deſreglemens
Troublent la pureté de nos contentemens,
Reuenir de l'armée apres vne victoire,
Qui fait monter mon nom iuſqu'où finit la gloire,
Et ne pouuoir gouſter apres ce que i'ay fait
Dans Argos, chez les miens, qu'vn plaiſir imparfait,
La colere des Dieux n'eſt pas encor laſſée,
Les aſtres mutinez font Electre inſenſée;
Comme vn Throſne eſt biẽ haut, Nous leurs ſõmes ſuſpets,
Pour le plus proche objet ſont leurs triſtes aſpects,
Ah! faites eclipſer cette immortelle guerre
Que les Aſtres des Cieux font à ceux de la terre.

CLITEMNESTRE.

Combien ſenſiblement me touchent ſes ennuis,
Mais leur donner de pleurs eſt tout ce que ie puis,
Les hommes ne voient goutte au mal qui la poſſede,
Il en faut aux autheurs demander le remede,
Si les Dieux ſeulement ont troublé ſa raiſon,
De leur main ſeulement depend ſa gueriſon.

N'animons

N'animons pas contre eux noſtre extreme foibleſſe,
Au pied de leurs Autels adorons qui nous bleſſe,
Et faiſons les teſmoins en demeurant contans,
Que s'ils pouuoient ſouffrir, ils ſeroient moins conſtans.

ÆGISTE.

Il faut ſuiure vn aduis, ſi beau, ſi ſalutaire,
Il ſied bien aux grands cœurs d'endurer & ſe taire,
Comme vn fleuue laiſſant le murmure aux ruiſſeaux,
Traiſne ſans faire bruit ſes orgueilleuſes eaux,
Vn ſujet affligé peut conceuoir l'enuie
De ſortir de ſes maux en ſortant de ſa vie,
Peut rendre ſes ſouſpirs teſmoins de ſes douleurs,
Deſirer en la mort la fin de ſes mal-heurs,
Et quand pour luy le Ciel ſe rend inexorable
Aymer mieux n'eſtre plus que d'eſtre miſerable,
Suiure du deſeſpoir les rigoureuſes loix,
Mais les Roys affligez doiuent ſoufrir en Roys.

AGAMEMNON.

Si les Roys ſont des Dieux les viuantes images,
Pourquoy nous faire ainſi l'objet de leurs outrages ?
Pourquoy deſſus les Roys faire cheoir tous leurs traits,
Et ternir leur beauté peinte dans leurs portraits,
Mais ie la voy venir.

SCENE SEPTIESME.

AGAMEMNON, ÆGISTE, CLITEMNESTRE.

EVRIBATE, ELECTRE, CHRISOSTEME.

CHRISOSTEME.

Ou vas tu mal-heureuse?

ELECTRE.

Je vay chercher la mort.

CHRISOSTEME.

Arreste furieuse?

AGAMEMNON.

Ciel! si tu me defens les pleurs à cet objet,
Pourquoy me fis tu Roy, que ne suis-ie sujet.

CHRISOSTEME.

Un peu moins de transport.

EVRIBATE.

Que la raison vous ayde,
Où vostre mal enfin deuiendra sans remede.

ELECTRE.

Comment l'entendez vous, si dans vn tel mal-heur,
Ce n'est que la raison qui cause ma douleur.
Puis-ie souffrir du sort vne si rude atteinte,
Et former sans raison vne si iuste plainte.

Voir vn pere aueuglè courir droit au trepas,
Que dif-je, le voir mort, & ne le pleurer pas,
Ah ! fçachez qu'en souffrant vn si cruel martyre,
Je suy les sentimens que la raison inspire.

AGAMEMNON.

Helas !

CLITEMNESTRE.

Que ie la plains!

ÆGISTE.

Que ie la plains aussi !

CLITEMNESTRE.

Euribate tachez de l'esloigner d'icy.

ELECTRE.

Tachez de l'esloigner, ô ! trahison insigne !
Mais cet empressement n'est pas vn si bon signe ?
Tachez de l'esloigner, auez vous peur de moy ?
Que ne commandez vous qu'on esloigne le Roy ?
Mais pour l'entretenir vous fuyez ma presence ?
Suis-ie vn si grand obstacle à vostre violence ?
Quoy ? vous n'en voulez pas rendre tesmoins mes yeux ?
Quoy ? vous redoutez plus Electre que les Dieux ?
Et vous aymez mieux voir tant l'amour vous surmonte,
Vos mains rougir de sang que vostre front de honte,
Quel nuage, mon Pere, enuelope vos sens ?
Demandez vous encor de signes plus pressens ?
Justice ingenieuse à te venger du crime ?
De combien de Tyrans son ame est la victime,

A combien de vautours est partagé ce cœur,
De combien de bourreaux souffre t'il la rigueur,
Mais peut-il esuiter vn chastiment extreme,
Si ce cœur criminel est son bourreau luy mesme ;
Si ma presence augmente vn si cuisant soucy,
Et luy fait desirer qu'on m'esloigne d'icy.

AGAMEMNON.

Ægiste qui pourroit commander à ses larmes.

ÆGISTE.

Qui ne seroit touché par ces tristes alarmes.

CLITEMNESTRE.

Qui seroit insensible à ce triste accident.

ELECTRE.

Qui n'est pas enragée à peu de iugement,
Que ie serois heureuse, & que ie serois sage,
Si mes mains secondoient ton amour & ta rage,
Si ie les condamnois à donner ce trepas,
Et que ie le serois si ie ne l'estois pas,
Contre vn pere innocent deuenir ta complice,
Appreuuer tes desseins, partager ta malice,
Seconder ta rigueur, tremper dans tes forfaits,
Ensanglanter ses mains, faire ce que tu fais,
Par vn mesme Demon auoir l'ame inspirée,
Est ce ce que tu dis n'estre pas esgarée ?
Mon esprit en ce cas se trouue conuaincu,
Mais auant que changer Electre aura vescu,
La sagesse en ce cas s'aprend à ton escole.

Mais i'ayme ma folie & ie veus mourir fole,
Electre est insensée & le sera tousiours,
Et mon deffaut m'est cher à l'esgal de mes iours,
Dis que la main du Ciel te fut bien liberale ?
Qu'à ta haute sagesse aucune ne s'esgale ?
Mon esprit est jaloux de son desreglement.

AGAMEMNON.

Ie viens de la pitié dedans l'estonnement.

ELECTRE.

Helas ! comme tousiours l'apparence nous flate,
Pendant que dessus vous tout son courroux esclate,
Vous me plaignez, mon pere ? Ah ! vostre aueuglement,
Me fait descendre aussi dedans l'estonnement.
Auiourd'huy contre vous, vous deuenez complice ?
L'amour vous fait jaloux d'vn si charmant supplice,
Vous baisez vne main armée du cousteau,
Et vostre ame mourante adore son bourreau,
Pour ne vous pas deplairre il faut estre inhumaine,
Qui vous veut garantir merite vostre haine,
En vain ie m'esuertuë & vous veus secourir,
On ne sçauroit sauuer ceux qui veulent mourir.
Puisque vous procurez vostre propre deffaite,
Que vous voulez mourir, que vous tandez la teste,
Elle n'est plus iniuste, & c'est le meriter,
N'esuiter pas vn mal que l'on peut esuiter.

AGAMEMNON.

Que veus tu que ie fasse ?

ELECTRE.

Ah ! cruelle penſée,
De combien de douleurs mon ame eſt menacée,
De ma vie en tout temps ſi digne de pitié
Je rencontre en vous deux l'vne & l'autre moitié,
Il me faut cependant ; quel deſtin eſt le noſtre,
En perdre vne moitié pour en conſeruer l'autre,
Et le ſort s'eſt rendu tellement ennemy,
Qu'il faut, ſi ie ne meurs, ne viure qu'à demy.
Meurs, meurs pluſtoſt, Electre, & perds toute ta vie,
Les Dieux l'ont ordonné, contente leur enuie,
Comment ? viurois tu bien, refuſant d'obeïr,
Auec vne moitié qu'il te faudroit haïr,
Et ſur qui pour te rendre encor plus affligée,
La premiere moitié voudroit eſtre vangée,
Commencez donc, Madame? & vous ſouffrez grand Roy?
Si vous voulez mourir qu'elle vous tuë en moy,
Pour l'obtenir de vous, ma mort eſt legitime,
Le coup m'en ſera doux, mon mal-heur eſt mon crime.

AGAMEMNON.

Allons, Madame.

CLITEMNESTRE.

Allons.

ELECTRE.

Allez, allez mourir.
Mais en deſpit de vous, ie vous veux ſecourir.

CHRISOSTEME.

Arreste toy ma sœur?

EVRIBATE.

Arrestez vous , Madame?

CHRISOSTEME.

Modere pour vn peu le transport qui t'enflamme ?

ELECTRE.

Ie vous suiuray par tout , ie veus malgré le sort ,
Et malgré vous aussi diuertir voftre mort.

Fin du Troisiesme Acte.

ACTE IV.
SCENE PREMIERE.

ÆGISTE, Seul.

Ve mes regards ont fait vne belle harangue !
Et que l'œil remplit bien l'office de la langue !
Quand quelque circonftance ou du temps ou
des lieux ,
Nous laiffe feulement la liberté des yeux.
Mais amour seul autheur de mon impatience ,

Donne pour m'obliger tes ayſles à Cliante,
A croiſtre mes douleurs deſirs ingenieux ?
Comme agreablement vous deceués mes yeux ,
Tout ce que ie regarde , emprunte ſon viſage ,
Mon amour en tous lieux à depeint ſon image ;
I'ouure meſme par fois l'oreille à ſes diſcours ,
Et pour ne le voir pas ie croy le voir touſiours ,
Tu te ris , tu te ris , adorable homicide ?
D'vn aueugle qui prend vn aueugle pour guide ,
Mais ne te voy ie pas ? Cliante eſt-ce pas toy ?
Ou ſi quelque ombre encor ſe vient rire de moy ,
Ouy , c'eſt toy cher amy ?

SCENE SECONDE.

ÆGISTE, CLIANTE.

CLIANTE.

Ne ſoyez plus en peine?

ÆGISTE.

Qu'as tu fait ?

CLIANTE.

I'ay tout fait puiſque i'ay veu la Royne.

ÆGISTE.

Eſt-il vray cher Cliante ? as tu veu ces attraits ,
Ces beaux yeux où l'amour empronte tous ſes traits ,

Ces

Ces diuins enchanteurs dont le pouuoir supreme,
A rendu cet enfant esclaue de luy mesme,
Ces yeux dont chaque œillade à les effets d'vn dard,
A qui ma liberté n'a cousté qu'vn regard,
Ces muets eloquans, ces fidelles oracles,
Où la nature à fait vn thresor de miracles,
Et qu'on ne sçauroit voir sans aymer ou mourir,

CLIANTE, monstrant vne lettre.

Je luy donneray bien sujet de discourir.

ÆGISTE.

Innocens & cruels persecuteurs des ames,
Qui de l'eau de mes pleurs entretenez mes flammes,
Arbitres souuerains de mon-heur, de mon sort,
Astres dont les aspects font ma vie ou ma mort.
Mais toy qui les à veus & toutes leurs merueilles,
En parlant de ces yeux enchante mes oreilles,

CLIANTE.

Il est vray tant d'appas meritent des Autels,
Et les sommissions des Dieux & des mortels,
Ce meslange d'Azur, d'Or, de Coral, d'Albastre,
Ma fait adorateur sans me faire idolatre,
Mais si par ses regards vn cœur est enflammé,
Qu'est ce d'en estre amant ? qu'est-ce d'en estre aymé ?
Qu'est-ce d'en receuoir.

ÆGISTE.

Ah! mon ame est rauie,
Et ie dois à tes soins mon repos & ma vie,

K

Unique confident laisse là moy baiser,
Mais suis-ie pas trop prompt ? est-ce pas trop oser ?
Et la Royne dis-moy, car tu l'as peu connoistre,
Ne m'enuoit elle point la mort dans cette lettre.

CLIANTE.

Lisez.

ÆGISTE.

Si ie voyois quelque dessein nouueau,
Sans doute qu'en l'ouurant i'ouurirois mon tombeau.

CLIANTE.

Bannissez ce soupçon qui luy fait vne iniure,
La Royne a trop de cœur pour deuenir pariure,
Mais apres vostre crainte, elle peut iustement
Afin de vous punir, courir au changement.

ÆGISTE.

Tu me donnes la mort par ce triste presage,
Pourquoy ? pourquoy, cruel, me tenir ce langage,
Non ie n'en doute plus, elle me l'a promis,
L'amour rend genereux tous ceux qu'il a sousmis,
Cet orgueilleux enfant n'en veut qu'à l'ame haute,
Il nous donne du cœur au moment qu'il nous l'oste,
Endurcit le courage auec mille rigueurs,
Et fait croistre la force au dessous des langueurs,
Tres-fidelle tesmoin des feux de Clitemnestre.

CLIANTE.

Il se laisse emporter, lisez donc cette lettre ?
C'est assez discourir.

ÆGISTE.

Lisons.... ie voy son nom.
Clitemnestre t'escrit vefue d'Agamemnon.
Pour tracer ces deux mots, l'amour qui la consomme,
Doit auoir amoindry ses aysles d'vne plume,
Vefue d'Agamemnon! agreables propos?
Est-ce pas, cher amy, dire tout en deux mots.

CLIANTE.

J'admire son esprit, & ie dis que c'est mettre,
Tout au commencement l'abregé de la lettre,

ÆGISTE.

Vefue d'Agamemnon?

CLIANTE.

    Mais passez plus auant?
Et iugez de la suite en ce commencement.

ÆGISTE, lit.

Quand la terre sera sous le pouuoir des ombres,
Esclairée du feu que iette mon amour,
Je le feray passer dans des horreurs plus sombres,
Et qui verra la nuit, ne verra pas le iour.

Les loix de la raison ne reglent point ma flamme,
Contre elle mon amour à mutiné mes sens,
Mes desirs reuoltez la chassent de mon ame,
Et par leur plus grand crime, ils se font innocens.

Elle me fait trouuer alors qu'elle me presse,
Dedans ton ennemy mon espoux & mon Roy,

Mais quoy? c'est vainement animer sa foiblesse,
Il est ce qu'elle dit, mais ie n'ayme que toy.

I'attends que le sommeil, pour preuuer que ie t'ayme,
Abate la paupiere à ce Roy criminel,
L'image de la mort deuiendra la mort mesme,
Et comme mon amour son repos eternel.

Ta Clitemnestre.

          O Dieux! tant de plaisir me tuë,
Sous vn semblable excez mon ame est abatuë,
Est-il rien dont mes sens puissent estre charmez,
Qui peut rendre auiourd'huy mes desirs enflammez,
Pour posseder vn bien au nostre comparable,
Qui ne mespriseroit le tiltre d'adorable?
Quel des Dieux à ce prix ne voudroit estre amant?
Mon cœur est trop petit pour ce contentement.

SCENE TROISIESME.

AGAMEMNON, EVRIBATE. dans vn cabinet.

AGAMEMNON.

C'Est en vain que ton zele assaillit mon courage?
L'esbranlement sied mal pour vn si foible orage,
La mort est formidable aux hommes comme toy,
Mais la crainte n'est pas la passion d'vn Roy.

TRAGEDIE. 69

EVRIBATE.

Sire ? mais pardonnez ce discours à mon zele,
I'ay trop peu de respect pour estre trop fidelle,
Et ne suis point de ceux qui trouuent des appas,
En adorant les Roys & ne les aymant pas.
Esblouy par l'esclat que darde vne couronne,
Que le Ciel peut oster, comme le Ciel la donne,
Aueuglé que i'estois, i'auois creu qu'estre Roy,
C'estoit donner à tout la souueraine loy,
Disposer du destin, se rire du tonnerre,
Estre semblable aux Dieux, ou bien Dieu de la terre,
Auoir entre ses mains sa fortune & son sort,
Et n'augmenter iamais l'empire de la mort :
Mais despuis leurs souspirs tesmoins de leurs deffaites,
M'ont dit assez souuent, ils sont ce que vous estes,
I'ay veu leurs yeux fondus en larmes mille fois,
Enfin pour dire tout i'ay veu mourir de Roys.

AGAMEMNON.

Contre vn si iuste arrest est-il de iuste plainte,
Crois-tu noircir mon cœur de l'ombre d'vne crainte ?
Nous deuons tous subir cette commune loy,
Elle est faite pour nous aussi bien que pour toy,
Elle s'estend sur ceux qui sont ce que nous sommes,
Mais ils ne meurent pas comme les autres hommes,
Tes yeux en ont esté les tesmoins tant de fois,
C'est à les voir mourir que l'on connoit les Roys,
Leur trepas aux grands cœurs peut donner de l'enuie,

Et les Roys en mourant ne perdent que la vie,
Enfin pour t'obliger à ne plus difcourir,
Je mourrois du regret d'auoir craint de mourir,
Et ie m'eftonne auffi qu'Euribate s'ingere.
De me cacher Venus fous la peau de megere,
Parle? & dis fi l'on peut fainement redouter,
Et craindre cette mort qu'on ne peut efuiter.

EVRIBATE.

Non? quand on ne le peut, mais vous le pouuez, Sire?
Les Dieux ont plus d'efgard aux befoins d'vn Empire,
Argos fonduë en pleurs vous dit, viuez pour moy?
Vn Monarque eft bien plus à fes fuiets qu'à foy?
J'ay droit de vous forcer à bannir cette enuie?
Et mefprifez la mort fans mefprifer la vie.

AGAMEMNON.

Que dans elle vn grand cœur d'efcouure des appas?

EVRIBATE.

Mais attendez-là, Sire? & ne la cherchez pas?

AGAMEMNON.

Que ce n'eft pas à tous qu'elle veut fembler belle.

EVRIBATE.

Mais laiffez la venir? ne courez pas vers elle?
Voyez la fans fremir? s'il la faut receuoir,
Mais fans faire vertu d'vn honteux defefpoir.

AGAMEMNON.

Quoy tu voudrois deftruire vne fi belle flamme?
La Royne a trop de cœur.

EVRIBATE.

Sire ? la Royne est femme.

AGAMEMNON.

Et par cette raison veus-tu luy reprocher ?
Qu'elle conserue vn cœur plus rocher qu'vn rocher.

EVRIBATE.

Tout Argos vous le dit ?

AGAMEMNON.

Tout Argos perd sa peine ?

EVRIBATE.

Mais vous estez son Roy?

AGAMEMNON.

Clitemnestre est sa Royne ?

EVRIBATE.

Il est vray qu'elle l'est, mais qui manquant de foy,
Nous fait voir qu'elle veut estre Royne sans Roy.

AGAMEMNON.

C'est passer trop auant, brise là ta harangue ?
Et fais faire à tes yeux l'office de ta langue ?
Quoy ? si c'est vn deffaut que l'infidelité,
La peut-on rencontrer dans vne deité ?
Ferme à de tels propos ta sacrilege bouche ?
On doit plus de respect à tout ce qui me touche,
Et ne parle iamais ? que triste & desolé ?
Et pour te repentir d'auoir si mal parlé.

EVRIBATE.

Est-ce ainsi que d'Argos la plainte est reiettée ?

Est-ce ainsi que sa voix est si mal escoutée ?
Auez vous oublié la genereuse ardeur ?
Dont cette Argos jadis embrasoit vostre cœur ?
Vous souuenez vous plus que vostre ame rauie,
Aux intherests d'Argos sacrifioit sa vie,
Auiourd'huy pour Argos euitez le trepas ?
Qui jadis pour Argos n'estoit pas sans appas,
Enfin si pour Argos la mort vous sembla belle ?
Conseruez auiourd'huy vostre vie pour elle ?
Quoy ? de charmes trompeurs seront asses puissans,
Pour priuer la raison de l'Empire des sens,
Ah ! ne permettez pas que vostre amour vous braue :
Et que l'ame d'vn Roy soit plus long temps esclaue,
Que le Sceptre sied mal à qui porte les fers,
Rompez ces nœuds honteux, & qui vous sont si chers,
Dessus vn inuincible emportez la victoire ?
Et contre vostre amour deffendez vostre gloire,
Randez, randez la force à vostre iugement ?
Faites que sur vos sens il reigne sainement ?
Et ne me ditez plus que la Royne est fidelle,
Et qu'elle le doit estre à cause qu'elle est belle,
Qu'il faut prendre ses yeux pour tesmoins de sa foy,
Que qui donne d'amour en conserue chez soy,
Qu'à sa beauté le Ciel esgala son courage,
Qu'il luy forma le cœur au moule du visage,
Qu'on iuge du dedans parce qu'on voit dehors,
Qu'il faut qu'vne belle ame anime vn si beau corps,

Qu'elle

Qu'elle à trop de beauté pour n'estre pas constante,
Et qu'elle est genereuse au point qu'elle est charmante,
Dessous la rose on voit s'herisser l'esguillon,
Et l'air le plus serain n'est pas sans tourbillon.

SCENE QVATRIESME.

EVRIBATE, AGAMEMNON, ELECTRE,

EVRIBATE.

Ais que bien à propos vous suruenez, Madame?
Pour opposer vos pleurs aux forces de sa flamme.

ELECTRE.

Ah! cesse de former tant d'inutiles vœux,
L'amour fait de cette eau l'aliment de ses feux,
Son cœur fait gloire d'estre insensible à nos plaintes,
Son cœur seroit honteux de partager nos craintes,
Son cœur à nos soupirs ne se laisse toucher,
Que comme aux doux Zephirs vn vaste & grand rocher,
Il croit que de nos pleurs nous fardons nostre feinte,
Car c'est trahir vn Roy, l'obliger à la crainte,
Nostre douleur luy rend douteuse nostre foy,
Il se mocque d'Argos, & de vous, & de moy,
Il faudroit, mais comment veut-il que i'obeïsse,
Pour ne le pas trahir, souffrir qu'on le trahisse,

Et le voyant ainsi menacé du trepas,
Ne pleurer que de ioye, ou bien ne pleurer pas,
Que dois ie faire, ô Dieux! les souspirs & les larmes,
Contre un cœur endurcy sont de trop foibles armes,
Il emousse les traits que iette la pitié,
Et ce cœur obstiné n'est pas cœur à moitié.

EVRIBATE.

Quoy Sire? ces discours n'auront-ils point de force,
Vous laisserez vous point charmer à leur amorce?
Où s'il faut qu'un poignard fasse de nostre flanc,
Pour secourir nos pleurs une source de sang:
Et si pour vous forcer à conceuoir l'enuie
De conseruer la vostre, il faut perdre la vie,
Sire arrestez vos yeux dessus ce triste objet?
Regardez vostre fille?

ELECTRE.

Où bien vostre sujet.

EVRIBATE.

Et voyez que des leurs vos indiscretes flammes,
Font distiller les cœurs?

ELECTRE.

Font distiller les ames.

EVRIBATE.

Regardez vostre sang?

ELECTRE.

Souuenez vous du sien?
Tant de fois espanché pour le vostre & le mien,

Des lauriers arrachez des mains de la victoire,
Des faits dont le recit decredite l'histoire,
Quoy les payerez vous d'vn iniuste mespris ?

EVRIBATE.

De tout ce que i'ay fait, la gloire en fut le prix,
Dans les plus grands dangers qui faisoient mes delices,
L'honneur de vous seruir paya tous mes seruices,
C'est les recompenser que de les receuoir,
On ne merite rien en faisant son deuoir ;
Et que ie meure aussi, si ce penser me flatte,
Que parce qu'il a fait vous croirez Euribate ?
Du moins que vostre honneur vous touche plus que nous?
Sire si vous mourez ? il meurt auecque vous,
Et si iusqu'à ce point vostre amour vous surmonte,
La mort qui la fera, punira vostre honte,
Cedez à la raison ? c'est assez consulter.

ELECTRE.

Escoutez la pitié ? c'est assez resister.

EVRIBATE.

Ah ! mon Prince ?

ELECTRE.

Ah ! mon Pere ?

AGAMEMNON.

Est-il vray que ie veille ?
Qu'on me tient ce discours, que ie preste l'oreille,
Que de semblables coups ie me voy combatu,
La patience icy perd le nom de vertu,

Si tu ne partageois la manie d'Electre,
Euribate insolent ? ie te ferois connoistre ?
Iusques à quel excez va mon ressentiment,
Et tu dois la lumiere à ton aueuglement ?
Ce penser ne rend point ma vengence assouuie,
Que ton corps à seruy de bouclier à ma vie ?
Ce grand zele est perdu ? ie ne te connoy plus ?
Tu n'es plus auiourd'huy ce qu'autrefois tu fus ?
Et peut-estre est-il vray que ton erreur extreme,
Te persuade aussi que i'ay changé de mesme,
Que ie ne suis plus Roy que tu n'es plus sujet ?
Et formant là dessus quelque nouueau projet,
Apres vne deffence estroite & legitime,
Croy-tu bien en parlant ne faire point de crime ?
Apres m'auoir despleu, tu n'es plus innocent ?
Et pour te chastier ie suis encor puissant.

ELECTRE.

Et bien ne parle plus, genereux Euribate ?
Souffre que dessus moy tout son courroux esclatte ?
Il ne peut sans danger l'allumer contre toy.

AGAMEMNON.

Ie perdrois vn sujet ?

ELECTRE.

Mais qui vous à fait Roy ?

AGAMEMNON.

La couronne & la pourpre attendoient ma naissance.

ELECTRE.

Vous en seriez priué n'eust esté sa vaillance ?
Et pour ne perdre pas de propos superflus ,
Si nous ne l'auions pas , nous ne vous aurions plus ?
Qui peut faire des Roys , est bien digne de l'estre ,
Qui peut le conseruer , peut bien porter vn Sceptre ,
Luy qui vous l'a donné pouuoit vous le rauir ,
Consultez maintenant pour le faire mourir ?
Et toy braue Euribate oppose ton silence
Aux tragiques effets de cette violence ?
Sans deuenir iniuste , il ne peut t'outrager ,
Qu'il l'exerce sur moy sans crime & sans danger ,
Que seule à son courroux ie sois abandonnée ,
Qu'il reprenne ma vie , il me l'auoit donnée ,
Qu'il enfonce vn poignard dans ce cœur auiourd'huy ,
Pour en tirer le sang que ie tenois de luy.

EVRIBATE.

Ah ! brisez ce discours , plustost que sa iustice ,
Se fasse de ma vie vn sanglant sacrifice ,
Si pour luy i'ay voulu receuoir le trespas ,
Le receuant de luy seroit-il sans appas ,
Que ie meure , Madame , & que cette tempeste ,
En fondant sur la mienne , espargne vostre teste ,
Qu'Euribate en soit seul le deplorable objet ,
Madame , en me perdant , il ne perd qu'vn sujet ,
A droit sur mes iours , il a droit sur ma vie ,
Qu'il rende par ma mort sa colere assouuie ,

Ie mourray glorieux de la main de mon Roy,
Et ie sçay que mon sang est plus à luy qu'à moy,
Pourueu que le destin vous soit plus doux, Madame?
On lira dans mes yeux le repos de mon ame,
Qu'on ouure mon tombeau, si vous ne suiuez pas,
I'entreray sans fremir dans la nuit du trepas.

ELECTRE.

Tu veus perdre ta vie, en conseruant la mienne?
Et la cheute d'Argos suiura de pres la tienne,
Et tu ne peus mourir Euribate insensé,
Que dessous le debris d'vn throsne renuersé?
En l'exerçant sur toy, sa colere est fatale.

EVRIBATE.

En l'exerçant sur vous, sa colere est brutale.

ELECTRE.

De son throsne ton bras est le plus ferme appuy,
Euribate tombant, il tombe auecque luy.

EVRIBATE.

Mais il perd dauantage en perdant son Electre.

ELECTRE.

Il ne perd point sa pourpre, il ne perd point son Sceptre.

EVRIBATE.

Mais il perd son estime, il se rend criminel,
Mais il couure son nom d'vn opprobre eternel.

ELECTRE.

Et bien mourons tous deux?

EVRIBATE.

Mourons ?

ELECTRE.

Mon Pere ?

EVRIBATE.

Sire ?

ELECTRE.

Soufrez qu'Electre meure ?

EVRIBATE.

Et qu'Euribate expire ?

ELECTRE.

Perdez ces criminels ?

EVRIBATE.

Bornez leurs iours icy ?

ELECTRE.

Ils meritent la mort.

EVRIBATE.

Ils la veulent aussi.

ELECTRE.

Contentez nos desirs ?

EVRIBATE.

Contentez vostre ennui.

ELECTRE.

Voulez vous du plaisir…

EVRIBATE.

De nous ravir la vie.

ELECTRE.

Pour seconder nos vœux faites ce grand effort ?

EVRIBATE.

Meritant vostre haine, on merite la mort.

ELECTRE.

Consentez au trespas…

EVRIBATE.

D'Euribate.

ELECTRE.

Et d'Electre.

EVRIBATE.

Où bien euitez le des mains de Clitemnestre ?

AGAMEMNON.

Leuez vous l'vn & l'autre, appaisez vos douleurs ?
Ouy ie veus accorder quelque chose à vos pleurs ,
Elle vient à propos cette Royne infidelle ,
Allez & me laissez vn moment auec elle.

SCENE CINQVIESME.

AGAMEMNON, CLITEMNESTRE.

AGAMEMNON.

E Ffort de la nature , & chef-d'œuure des Dieux ,
Que ton barbare cœur respond mal à tes yeux.

CLITEMNESTRE.

CLITEMNESTRE.

Electre fort, il reſue, ô! funeſte preſage.

AGAMEMNON.

Qui n'euſt eſté trompé par vn ſi beau viſage.

CLITEMNESTRE.

Iuſte Ciel!

AGAMEMNON.

Maintenant ie connoy mon erreur,
Ce qu'elle à de charmant m'eſt vn objet d'horreur.

CLITEMNESTRE.

Mais pourquoy craindre tant, Sire?

AGAMEMNON.

Areſte furie?
Ne laiſſe pas encor agir ta barbarie?
Et donne moy le temps de penſer ſi i'ay fait,
Quelque choſe qui puiſſe excuſer ton forfait?
Seroit-ce le trepas de noſtre Iphigenie,
Qui fait tout le motif de cette tyrannie?
Ouy, la main de la mort à fermé ſes beaux yeux,
Il le faloit ainſi pour appaiſer les Dieux,
Nos nauires ſembloient auoir dedans les ondes,
Ietté par leur arreſt de racines profondes,
La mer s'eſtoit glacée, & l'empire mouuant,
S'eſtoit rendu ſolide à leur commandement,
Au pied de leurs Autels noſtre armée ſouſpire,
Vn effet de bonté faiſoit noſtre martyre,
Nous demandons l'orage, & que l'ire des eaux,

M

Emporte noſtre crainte , emportant nos vaiſſeaux ,
Enfin nous aprenons par la voix de l'oracle ,
Qu'à la mort de ma fille on deuroit ce miracle ,
J'ay ſigné ſon arreſt , elle eſt morte , ah ! peus-tu ?
Traitter de cruauté cet excez de vertu ?

CLITEMNESTRE.

A qui ce long diſcours ? de grace.

AGAMEMNON.

A qui tigreſſe ?
C'eſt à toy , c'eſt à toy que ce diſcours s'adreſſe ?

CLITEMNESTRE.

Helas ! Sire ? pourquoy me traittez vous ainſi ?
Et que vous ay ie fait ?

AGAMEMNON.

Que t'ay ie fait auſſi ?
Contre moy la fureur du Ciel eſt animée ,
Du crime que i'ay fait de t'auoir trop aymée ,
Et pour t'auoir donné ce qu'on ne doit qu'à luy ,
Il permet le deſſein que tu prens auiourd'huy ?
Je croyois , t'adorant , de le pouuoir ſans crime ,
Mais pourtant ſon courroux eſt iuſte & legitime ,
Et voulant que ta main puniſſe mon forfait ,
Par la cauſe il pretend ſe venger de l'effet.

CLITEMNESTRE.

Un changement ſi prompt ne ſemble pas croyable.

AGAMEMNON.

Ame double & traiſtreſſe , ingrate , impitoyable ?

Voudrois tu bien encor que sçachant ton dessein,
Un espoux aueuglé te descouurit son sein ?
Où si ta belle main rebelle à ton enuie,
Refuse de couper le filet de sa vie,
Qu'il s'employat luy mesme à son propre trepas,
Non, non ta cruauté rend foibles tes appas ?
Un changement si prompt te paroist incroyable ?
Perfide ? voudrois tu m'estre encor adorable,
J'arracherois mes yeux s'ils subornoient mon cœur,
Il est sorty des fers de son premier vainqueur,
De sa captiuité ta vertu fut l'amorce.
Ouy ta seule beauté n'eust iamais tant de force ?
Pourquoy donc auiourd'huy, femme t'estonne tu,
Si ie n'ay plus d'amour, tu nas plus de vertu.

CLITEMNESTRE.

N'ayant plus de vertu, ie ne veus plus de vie,
Que par vos propres mains elle me soit rauie ?
Je n'y recule point, puis qu'il faut à leur tour,
Que les traits de la mort chassent ceux de l'amour,
Mais ie voy qu'un refus va tromper mon attente,
En mourant par vos coups, ie mourrois trop contente,
Ma mort ne seroit pas un effet de valeur,
Dittes moy mon forfait, ie mourray de douleur,
Ha ! Sire, qu'ay ie fait qui contraigne vostre ame,
A prendre le dessein d'esteindre nostre flamme,
S'il faut que les souspirs asseurent de la foy,
Argos, ouy tout Argos souspira moins que moy,

Et quand voſtre valeur vous fit prendre les armes,
Ie vous accompagnay de ſanglots & de larmes,
L'eternité pour moy racourcie en dix ans,
Ne me vit point ceſſer de raconter aux vens,
Mon amour, mes langueurs, mes ſonges & mes craintes,
Et d'adreſſer aux flots mes inutiles plaintes.
Sans la mort de la fille on le verroit icy,
Flots ramenez le nous, & que ie meure auſſi,
Donnez le coup mortel & croyez moy fidelle?
Que ie ſois mal-heureuſe, & non pas criminelle,
Les Dieux ont eſcouté la voix de mon amour,
Mais il faut que mon ſang paye voſtre retour.

AGAMEMNON.

Vn bel œil eſt puiſſant auec de foibles armes!
Et meſme la douleur eſt pouruëue de charmes.

CLITEMNESTRE.

Donnez à vos deſſeins de tragiques ſuccez?
Vous ſeries trop cruel ne l'eſtant pas aſſez,
C'eſt apres le trepas que mon ame ſouſpire,
Par cette porte il faut la ſortir du martyre,
Je n'ay plus de vertu, vous n'auez plus d'amour,
L'vne & l'autre raiſon me fait haïr le iour,
Que ſi le peu d'apas qui parent mon viſage,
Ont encor le pouuoir d'amolir vn courage,
Pour ne poſſeder rien qui ne ſemble odieux,
Ie veus dedans mes mains vous faire voir mes yeux.

AGAMEMNON,
Arreste, chere espouse, arreste, objet aymable,
Que son courroux me plait & qu'il est agreable.

Fin du Quatriesme Acte.

ACTE V.

Qui se passe dans la nuict.

SCENE PREMIERE.

ÆGISTE, CLIANTE, desguisez.

ÆGISTE.

Ette nuit, cher Cliante, est la nuit des excez.

CLIANTE.

Ses tenebres desia nous desguisoient assez.

ÆGISTE.

Il est vray, confident ? que iamais les estoiles,
Ne cacherent leurs feux sous de plus sombres voiles,
Cette nuit est pourtant plus belle que le iour,

M 3

Et reçoit des clartez du flambeau de l'amour,
Mais d'autant que tu sçais le sujet qui m'ameine,
Ne sois pas plus long-temps sans me tirer de peine?
Tire droit au Palais?

CLIANTE.

I'y vole de ce pas.

ÆGISTE.

Car ie sens approcher l'heure de son trepas.

CLIANTE.

Pour differer long-temps la Royne est trop fidelle.

ÆGISTE.

Bien-tost vn bruit confus t'en dira la nouuelle,
D'abord viens m'aduertir?

CLIANTE.

Ie n'y suis qu'vn moment,
Et puis de vos pensers l'entretien est charmant.

SCENE SECONDE.

ÆGISTE, seul.

L'Effet peut rendre icy la cause legitime,
Puis qu'il faut achepter vn throsne par vn crime,
C'est au plus seur moyen que l'on doit recourir,
On ne peut consulter quand on peut l'acquerir,
Quoy qu'à l'ambition la gloire s'abandonne,

Elle reuient touſiours auec vne couronne,
Le vice qui fait Roy vaut plus que la vertu,
Et ce chemin du throſne eſt bien le plus battu,
Ce diſcours te deſplait : ma raiſon tu te faſches ?
Et ne peus appreuuer de ſentimens ſi laches ?
Bien que la nuit, l'horreur reignent dedans ces lieux,
Ie voy moins de l'eſprit, que ie ne voy des yeux,
Ouy ie donne à mon mal vn autre pour remede,
L'ambiſſion me bleſſe, & la cruauté m'ayde,
Raiſon ? dans ce rencontre à ma gloire fatal,
Tu dis que le remede eſt pire que le mal,
Ie l'aduouë, il eſt vray, mais contre vn mal extreme,
Il faut touſiours vſer d'vn remede de meſme,
Tu me dis qu'il vaut mieux endurer ou mourir ?
Mais pourquoy ? ſi ie ſçay le moyen de guerir,
Cliante viens donner à mon ame abatuë
Quelque ſoulagement ? ta pareſſe me tuë ?
Mais ie ne puis douter de ſa fidellité.

SCENE TROISIESME.

ÆGISTE, CLIANTE.

CLIANTE.

SEigneur ?

ÆGISTE.
Tu viens enfin ? qui t'auoit arreſté,

CLIANTE.

Sous les loix de l'amour les ames enchainées,
Mesurent les momens à l'aune des années,
Elles voudroient vnir l'enuie & le plaisir,
Et l'assoüuissement auecque le desir.

ÆGISTE.

Que peut faire vn forçat sous les poids de ses chaines,
Que peut faire vn damné qui se nourrit de peines,
Vn homme enseuely dedans vne prison,
Un esclaue d'amour rebelle à la raison ?
Pour sortir de leurs maux, pour sortir de leur vie
Peuuent-ils couceuoir de languißante enuie,
Mais dis moy qu'as tu fait pour mon soulagement,
Où durant cette année ou durant ce moment ?

CLIANTE.

Vne porte à l'escart, qui reçoit la premiere,
Quand le soleil se leue, vn baiser de lumiere,
Et que peut-estre amour fit en vostre faueur,
Preuoyant le besoin qu'en à vostre ferueur,
Fait addresser mes pas aux lieux ou Clitemnestre,
Apporta le remede au mal qu'elle fit naistre,
Vous fit dessus son sein gouster mille plaisirs,
Et donna des faueurs au dela des desirs.

ÆGISTE.

Et comme tu fus là, vis tu quelque merueille ?

CLIANTE.

Trois ou quatre soußpirs me font prester l'oreille,

Ie

Ie m'aduance, vn rayon vient esclairer mes yeux,
l'escoutte....

ÆGISTE.

Et qu'entens-tu ?

CLIANTE.

Trois helas ! trois ô Dieux !
Ie demeure immobile, & toute cette plainte,
Partage mon esprit à l'espoir, à la crainte,
On adiouste ces mots, rien ne vient au secours,
Et puis mille souspirs acheuent ce discours.

ÆGISTE.

Reconneus-tu la voix ?

CLIANTE.

Toute cette harangue
Fut faite par les yeux bien plus que par la langue.

ÆGISTE.

Enfin?

CLIANTE.

Quand on ouuroit, ie m'en suis reuenu,
De peur de gaster tout si i'estois reconneu.

SCENE QVATRIESME.

ELEONOR, ÆGISTE, CLIANTE.

ELEONOR.

IVsques à quel excez s'estend ta barbarie ?
Ne peut-on estre amante, & n'estre pas furie ?
Amour ? cruel amour qui ne l'es qu'en ton nom ?
Qu'à fait vn innocent, qu'à fait Agamemnon.

ÆGISTE.

Si ie veille, vne voix dans les pleurs confonduë,
M'asseure cette mort si long-temps attenduë.

ELEONOR.

Excez de cruauté ?

CLIANTE.

Mais si ie veille aussi,
La voix que i'entendois se fait ouyr icy.

ELEONOR.

Dieux ! vostre prouidence abandonne la terre,
La voix de l'innocent dont l'echo est le tonnerre
Est trop foible en ce temps pour aller iusqu'à vous,
Que vous estes cruels, ô Dieux ! d'estre si doux ?
C'est laisser trop long-temps reposer la iustice,
Vengez l'assassinat ? mais las ! i'en fus complice ?
Tyran de ma memoire ? importun souuenir ?

Si les Dieux m'exauçoient, ils me deuroient punir,
Crains, lache, que ta voix ne soit mieux escoutée?
Tu demandes la foudre, & tu l'as meritée?
Et si le Ciel punit les meurtriers du Roy,
Elle ne peut tomber sans tomber dessus toy,
Vante toy maintenant d'auoir esté fidèle?
Prens la Royne à tesmoin, que tu fis tout pour elle?
Il te faloit auoir vn courage abatu,
Quand le vice emprunta le nom de la vertu,
Il failoit estre foible, & gagner la victoire,
Descouurir leurs desseins, mesnager mieux ta gloire,
Eterniser ton nom par vne lacheté,
Et faire vne vertu de l'infidelité,
Mais tardif repentir dont ie suis la victime?
C'est trop tard, c'est trop tard me reprocher mon crime,
Malgré tous mes efforts inutiles & vains
Le cœur de son mary seigne contre ses mains,
Dieux? si vous estes sourds aux cris des miserables?
Voyons si les mortels seront inexorables,
Appellons toute Argos au secours de son Roy,
Peuple, peuple au secours?

CLIANTE.

Seigneur secondez moy?

ÆGISTE.

Où c'est Eleonor, où ie resue,

CLIANTE.

C'est elle.

N 2

ELEONOR.

Au se....

CLIANTE.

Tay toy mauuaise ?

ÆGISTE.

On t'escoute infidelle ?

CLIANTE.

Contre tant d'ennemis qui te peut secourir.

ÆGISTE.

Retournons au Palais.

ELEONOR.

Pour m'y faire mourir.

SCENE CINQVIESME.

CLITEMNESTRE, dans vn Cabinet d'où elle voit
la Chambre d'Agamemnon.

TRiste nuict qui dessous l'espaisseur de tes voiles,
Caches à mon forfait la face des estoilles ?
Nuict qui pour ne voir pas couler le sang des Dieux,
As permis à l'horreur de te creuer les yeux,
Fais toy de tes vapeurs vne affreuse paupiere,
Mon amour quoy qu'aueugle est toute ma lumiere,
Ma rage est mon flambeau, ma main doit l'offenser,
Et ce n'est plus des yeux que ie le veus blesser,

TRAGEDIE. 93

Allons ma main, allons où l'amour nous appelle,
Mais garde bien ma main de trahir ma querelle,
D'vn repos eternel vnique fondement,
Ose tout, ose tout pour mon soulagement?
Ægiste se prepare à te baiser sanglante,
Chasque membre est le cœur dans le corps d'vne amante,
Courage donc ma main, courage, & puis qu'icy,
Le cœur ne tremble point, ne tremble point aussi.

AGAMEMNON.

Quel est ce bruit fascheux.

CLITEMNESTRE.

Elle passe dás la Chambre & tout le reste se fait derriere le Theatre.

Je pasme?

AGAMEMNON,

Qui me trouble.

CLITEMNESTRE.

Mal-heureuse!

AGAMEMNON.

Euribate.

CLITEMNESTRE.

Ah! ma frayeur redouble.

Amour à mon secours.

AGAMEMNON.

Clitemnestre est-ce toy.

CLITEMNESTRE.

A mon secours amour, ouy, ouy Sire, c'est moy.

AGAMEMNON.

Arreste?

N 3

CLITEMNESTRE.

Il faut mourir?

AGAMEMNON.

Espargne vn cœur qui t'ayme?
Peus-tu bien le blesser sans te blesser toy mesme?
Adieu, ie meurs, ce coup me trauerse le sein.

CLITEMNESTRE.

Encore vn?

AGAMEMNON.

Ie suis mort?

CLITEMNESTRE.

C'estoit bien mon dessein.

SCENE SIXIESME.

EVRIBATE, CLITEMNESTRE.

EVRIBATE.

IVstes Dieux! que voy-ie? trop veritable Electre?
Trop incredule Roy! trop lache Clitemnestre?
Mais toy? trop infidelle, & trop mauuais sujet?
Peus-tu voir sans mourir ce deplorable objet?
Dans les flots de son sang ta gloire fait naufrage,
Si voyant l'assassin, tu ne vanges l'outrage?
Monstre plus dangereux, plus tu fais voir d'appas?
Tout rougit de son murtre, & tu n'en rougis pas?

Ne croy pas que ta vie eschappe à mon espée,
Il faut que par ce fer ta trame soit coupée,   (Elle fuit)
C'est en vain que tu fuis ? qu'est-ce que tu pretens ?
Fuir la mort auiourd'huy c'est mourir plus long-temps,
Par de secrets bourreaux tu seras poursuiuie,
Entre dix mille morts tu traineras la vie ?
Lors le seul desespoir te pourra secourir,
Et ie t'obligerois en te faisant mourir,
Euribate pourtant ne venge point l'outrage,
Ce sang deuroit jalir iusques à son visage,
Quel reproche Euribate à ton Zele, à ta foy ?
On dira qu'Euribate a fait mourir son Roy,
Qu'Euribate appreuua le dessein, l'iniustice,
Qu'Euribate fut mort s'il n'eust esté complice,
Euribate maudit, sur tous infortuné,
De la Terre, des Cieux, de tous abandonné ?
D'vn remors eternel, deplorable victime,
Ne l'auoir pas puni, c'est auoir fait le crime,
Agamemnon est mort, Euribate affligé ?
Mais tu meurs plus que luy ne l'ayant pas vengé,
Son sang fait tout rougir, mais il noircit ta gloire,
Il efface ton nom du sein de la memoire,
Et d'vn iuste courroux fume encor sous tes pas,
Se voyant tout forty, que le tien ne sort pas,
Et bien puis qu'il le faut mon ame en est rauie,
I'ouuriray sans fremir les conduits de la vie,
Voicy pour assouuir mes genereux desirs,   Il dresse le poignard.

L'inſtrument de ta mort & de mes deplaiſirs,
Execrable bourreau dans vne autre ouuerture,
Et dans vn autre ſang viens perdre ta teinture,
Deteſtable aſſaſſin, ouurage de l'Enfer,
Objet trois fois fatal, fer plus dur que le fer?
Qui donnes auiourd'huy par les meſmes atteintes,
Et la mort à mon Prince & la vie à mes plaintes,
Autheur de tant de maux, qu'on ne ſçauroit toucher,
Tu rougis de ta honte, & bien viens toy cacher?
Entre, entre dans ce cœur, quoy tu n'entres pas, traiſtre?
Eſtois-tu plus cruel aux mains de Clitemenſtre?
Où ſi, parce que i'ay laiſſé mourir mon Roy,
Tu veus dire à ce cœur, qu'il eſt plus dur que toy,
Ah! ie voy bien, mon Prince, il me faut encor viure,
Et ſans t'auoir vengé ie ne ſçaurois te ſuiure.

SCENE SEPTIESME.

EVRIBATE, ELECTRE.

ELECTRE.

OV s'adreſſent tes pas?

EVRIBATE.

A la mort.

ELECTRE.

Et pourquoy?

EVRIBATE.

EVRIBATE.

Ie ne sçaurois suruiure...

ELECTRE.

A mon pere.

EVRIBATE.

A mon Roy.

ELECTRE.

Helas !

EVRIBATE.

N'empeschez pas vne ame prisonniere ,
De rompre ses liens , de perdre la lumiere.

ELECTRE.

Agamemnon est mort ?

EVRIBATE.

Ouy ie le vay fuyuant ,
Et ie meurs du regret d'estre encore viuant.

ELECTRE.

Mais auant que mourir...

EVRIBATE.

Permetez....

ELECTRE.

Sauue , oreste ?

EVRIBATE.

Nous auons tout perdu.

ELECTRE.

Ce seul gage nous reste.
Escoute ses souspirs , escoute mes clameurs ?

O

EVRIBATE.

Ie vay vous obeyr, Madame, & puis ie meurs.

SCENE HVICTIESME.

ELECTRE.

Gamemnon est mort! luy qui pouuoit aux Parques
Par ses moindres regards immoler des Monarques.
L'iniustice des Dieux à permis ce trespas,
Mais il est mort, Electre, & tu ne le suis pas?
Dieux ialoux? Dieux cruels ? de qui la seule enuie
A terminé le cours d'vne si belle vie.
L'objet de vostre enuie, & de vostre courrous,
S'il n'eust esté mortel, estoit plus Dieu que vous?
Vous n'auez peu souffrir de si rudes atteintes?
Vos temples renuersez, & vos lampes esteintes,
Pour d'autres que pour vous voir fumer les autels,
Ne voir plus à vos pieds les testes des mortels,
Sur vn bucher d'encens ne voir plus de victimes,
Il vous faloit punir l'autheur de tant de crimes,
Luy rauir ses honneurs, monstrer en son trespas
Que qui pouuoit mourir ne les meritoit pas ;
Et par là faire voir à sa chere patrie
Que ses deuoirs alloient iusqu'à l'idolatrie.
Acheuez, acheuez, l'ouurage de sa mort?

Qu'une mesme rigueur me fasse vn mesme sort.
Icy vostre courrous sera plus legitime?
I'arrache de vos mains la foudre par vn crime.
Lancez-la par colere, ou du moins par pitié?
Puis que ie vis encor, il n'est mort qu'à moitié.
Mais que i'appelle en vain leur iustice offensée,
Si i'estois innocente, ils m'auroient exaucée;
Ie veus par vn forfait meriter le trespas,
Ils me le donneroient si ie ne pechois pas.

SCENE NEVFIESME.

CHRISOSTEME, ELECTRE.

CHRISOSTEME.

IE ne puis condamner ces transports legitimes.

ELECTRE.

Dieux ialoux? Dieux cruels? Dieux protecteurs des crimes?

CHRISOSTEME.

Le desespoir sied bien dans vn si grand mal-heur.
Tout excez est permis, i'approuue sa douleur,
Celle qui peut laisser apres nostre infortune
La vie ou la raison doit passer pour commune.

ELECTRE.

L'ombre d'Agamemnon souspire aupres de moy.

CHRISOSTEME.

Son mal trouble ses sens.

ELECTRE.
Chere ombre approche toy?

CHRISOSTEME.

O ! ma Sœur ?

ELECTRE.
Est-ce toy ? pardonne Chrisosteme ?

CHRISOSTEME.
Tu dis bien, ie ne suis que l'ombre de moy mesme,
Pour n'oublier iamais la mort d'Agamemnon,
Ne m'appelle iamais que de ce triste nom.

ELECTRE.
Tu sçais donc sous quel coup mon ame est abatuë ?
Tu sçais quel accident fait le mal qui me tuë ?
Tu sçais le traittement que i'ay receu du sort ?
Tu sçais ce qui m'oblige à souhaitter la mort ?

CHRISOSTEME.
Ie le sçay.

ELECTRE.
Chere sœur qu'vn genereux courage,
Reçoit de son destin vn bien sensible outrage,
Lors que reduit au point de courir au trespas,
Il le cherche par tout, & ne le trouue pas,
Le seul de tous mes maux dont ie sens les atteintes,
Le seul qui peut fournir de matiere à mes plaintes,
Le seul, qui seul à droit de former mes souspirs,
N'est que la vanité de mes nobles desirs,
Que parmy les douleurs qui bourrelent ma vie,

Ie ne puis aſſouuir ma genereuſe enuie,
Que mes maux ſont trop grands pour en pouuoir guerir,
Que malgré leur excez, ie n'en ſçaurois mourir,
Que la rigueur des Dieux eſt deuenuë extreme,
Qu'il faut qu'Electre viue en deſpit d'elle meſme,
Que le Ciel me refuſe vn ſi triſte ſecours,
Qu'il augmente mes morts en augmentant mes iours,
Que c'eſt auec regret que ie voy la lumiere,
Que mon ame en ce corps eſt vne priſonniere,
Et n'en pouuant ſortir qu'à l'ayde du treſpas,
Ie le cherche par tout & ne le trouue pas.

CHRISOSTEME.

Maintenant que ie voy la cauſe de tes craintes,
Mes pleurs, & mes ſouſpirs auctoriſent tes plaintes.

ELECTRE.

C'eſt trop peu que pleurer en de ſi grands mal-heurs,
Et c'eſt ne donner rien, ne donner que des pleurs.

CHRISOSTEME.

Nous teſmoignons par là, la douleur qui nous preſſe.

ELECTRE.

Il eſt de pleurs de ioye, ainſi que de triſteſſe.

CHRISOSTEME.

Ton deſir eſt iniuſte, & mes pleurs innocens.

ELECTRE.

Vn pere exige plus que des pleurs impuiſſans.

CHRISOSTEME.

Que peut-il exiger d'vne ame abandonnée?

ELÉCTRE.

Deuons-nous pas la vie à qui nous l'a donnée?

CHRISOSTEME.

Nous la deuons aux Dieux!

ELECTRE.

Nous la deuons au Roy?
Mais ne luy donne pas, ie mourray bien sans toy?

CHRISOSTEME.

Ma sœur ne conçois point de criminelle enuie?
Car enfin tu ne peus disposer de ta vie?
Refuserois-ie bien, ma sœur, de t'obeyr?
Parmy tant de sujets que i'ay de la hayr.
Ha non! mais pour le iour ma haine est legitime,
Et si i'en veus sortir i'en veus sortir sans crime.

ELECTRE.

Je condamne le mien, i'approuue ton desir!
Ouy mourant innocente on meurt auec plaisir.
Mais nous pouuons mourir, & sauuer l'innocence.
Voicy?

CHRISOSTEME.

Fuyons, ma sœur, euitons leur presence,

ELECTRE.

Va, derrobe ta vie à leurs cruels transports!
Pour moy ie vay t'attendre à l'empire des morts!

SCENE DERNIERE.

ELECTRE, CLITEMNESTRE, ÆGISTE, CLIANTE.

ELECTRE.

LA voix de ma douleur est enfin exaucée,
Vous la venez finir, qui l'auez commencée ?
Vostre courrous aueugle ainsi que vostre amour,
N'auroit rien fait pour luy s'il me laissoit le iour,
Vous verriez dans mes pleurs vos criminelles flammes,
La honte de vos fers, la laideur de vos ames,
Agamemnon, son sang, son ombre & son trespas,
Et vous mourriez tousiours, si ie ne mourois pas ?
Ma vie à vostre amour reproche vostre crime,
Il vous demande encor Electre pour victime ?
Et veut se deliurer, pour estre satisfait,
Des remords du premier par vn second forfait,
Mon iuste desespoir y condamne le vostre ?
Vous perdrez par ma mort le souuenir de l'autre ?
Et ce cruel tyran qui fait vostre transport,
Se croira moins coupable apres vn tel effort ?
Mais quel nouueau respet endort vostre colere ?
Se rendroit elle aux noms & de fille & de mere ?
Et verroit elle en eux quelque chose de doux,
N'ayant pas respecté ceux de femme & d'espoux,

Vn tardif repentir en vain tes yeux deßille ?
Qui peut perdre vn mary, craint de perdre vne fille,
Cette main fume encor d'vn fang plus precieux,
Et ces noms n'ont plus rien qui ne foit odieux.

CLITEMNESTRE.

Un lache repentir ne m'ofte point l'enuie,
De terminer icy ta mal-heureufe vie,
Loin de m'en repentir, i'adore mon forfait,
Ie voudrois pouuoir faire encor, ce que i'ay fait,
Que celuy que tu plains peut reuoir la lumiere,
Que le Ciel rejoignit fon ame à fa pouß iere,
Tu verrois fucceder par vn femblable effort,
A fa feconde vie vne feconde mort,
Auß i c'eft bien en vain que ta douleur efpere,
Le fecours de la main qui t'a rauy ton Pere ;
Si ta mort doit finir par vn contraire effet,
L'aymable fouuenir d'vn crime qui me plait.

ELECTRE.

Puis i'ouïr des difcours que la rage fuggere ?
Puis i'ouïr les propos que tient cette mœgere,
Mœgere ?

ÆGISTE.

Brife-là ?

ELECTRE.

Non, ie veus l'obliger,
A me priuer du iour afin de fe venger,

Mais plustost que ton bras soustienne sa querelle ?
Elle à tout fait pour toy ? tu ne fais rien pour elle ?
Ie l'offense à tes yeux ? tu ne la vanges pas ?
Ie l'appelle Mœgere, & tu croises les bras.
Doncques iusqu'à ce point son interest te touche ?
Donc c'est là ton amour ? va voir, va voir sa couche ?
Va voir (pour animer ton courroux contre moy)
Le corps mort d'vn espoux qu'elle à tué pour toy ;

ÆGISTE.

En vain ton desespoir par ce honteux langage,
Sollicite ma main à te faire vn outrage ?
Car ie veus faire voir en te laissant le iour,
Si i'ay beaucoup de cœur, que i'ay beaucoup d'amour,
Sans repaistre mes yeux de l'objet de sa couche,
Si tu peus obtenir cet arrest de sa bouche,
Voicy l'executeur ? ie fais voir autrement,
A ne la point venger que ie suis son amant,
Vn qui l'aymeroit moins l'auroit desia vengée,
Ton ame par la mort se verroit allegée ?
Mais Ægiste ne peut mille fois offensé,
T'accorder vn trespas qu'elle t'a refusé.

ELECTRE.

Du moins traistre, cruel, barbare, tigre, infame ?
Et toy pariure, ingrate, & desloyale femme ?
Homme lache, & sans cœur, homme sans amitié ?
Femme lache & sans foy, sans honneur, sans pitié,
Ægiste criminel ? coupable Clitemnestre ?

P.

Honte du sang des Rois ? Reine indigne de l'estre ?
Vostre amour vous oblige à contenter mes vœux ,
Soustenez vostre gloire & vengez vous tous deux ?

CLITEMNESTRE.

C'est en vain que par la ton desespoir se flatte ,
Tu viuras ? c'est ainsi que ma vengence esclate.

ELECTRE.

Je l'ayme & ie ne puis obtenir le trespas.

CLITEMNESTRE.

Tu l'aurois obtenu , si tu ne l'aymois pas ?

ELECTRE.

Il me faut donc resoudre à mourir enragée ?

ÆGISTE.

Ie serois moins vengé ?

CLITEMNESTRE.

Je serois moins vengée ?

Enfin si ie pouuois disposer de tes iours ,
Tu ne mourrois iamais & soufrirois tousiours ?

ELECTRE.

Quel supplice est plus dur que la mort ?

CLITEMNESTRE.

C'est la vie ?

Lors que nous desirons qu'elle nous soit rauie.

ELECTRE.

Prens la donc par pitié ?

CLITEMNESTRE.

Tu viuras malgré toy ?

ELECTRE.

Que ne haïssois-tu mon pere autant que moy ?

CLITEMNESTRE.

Mais qu'as-tu fait d'Oreste,

ELECTRE.

O Dieux ! que doy ie faire ?

CLITEMNESTRE.

Il me faut rendre vn fils ?

ELECTRE.

Il me faut rendre vn pere ?
Cruelle ? pour remplir tes desirs inhumains,
Tu veus dessus ses iours faire attenter tes mains ?

CLITEMNESTRE.

Ie ne t'escoute plus ? songe à toy ? treuue Oreste ?
Adieu ?

ELECTRE.

Ie veus sauuer du moins ce qui me reste.
Il viura malgré toy ? parce qu'vn pere occis
N'est iamais bien vengé, s'il ne l'est par son fils,
Ouy, ta punition t'est desia preparée,
N'en conçoy rien de bon pour la voir differée
La iustice des Dieux reserue à son courroux,
Le soin de me venger, luy mesme, & ton espoux.

Fin du V. & dernier Acte.

EXTRAICT
DV PRIVILEGE
DV ROY.

PAr grace & priuilege du Roy, il eſt permis à Iaques Bramereau
Libraire & Imprimeur de noſtre S. Pere en la ville d'Auignon,
d'Imprimer ou faire Imprimer, vendre & diſtribuer toutes ſortes
de liures ja imprimez, du depuis corrigez, augmentez, & embellis
d'annotations, & toutes ſortes d'autres copies nouuelles qu'il
pourra recouurer à l'aduenir, auec deffence à tous Libraires, Im-
primeurs & autres de quelque eſtat ou condition qu'ils ſoient,
d'imprimer ou faire imprimer leſdits liures, vendre ny diſtribuer
par tout le Royaume, de ſix ans finis & accomplis, à commencer
du iour qu'ils auront eſté acheuez d'imprimer, ſur peine à tous
contreuenans, & autres qui ſe trouueront ſaiſis deſdits liures, de
confiſcation d'iceux, & de tous deſpens, dommages & intereſts
enuers ledit Bramereau, & que la copie des preſentes eſtant miſe
au commencement ou à la fin deſdits liures oſte tout pretexte
d'excuſes, & ſoit tenuë pour deuëment ſignifiee & verifiee, ſur
peine de mille liures d'amende, moitié à ſa Majeſté, & moitié
audit Bramereau, & autre amende arbitraire. Donné à Paris, le
dix-ſeptieſme Ianuier. 1614. Et de noſtre Regne le quatrieſme.

Par le Roy en ſon Conſeil.

Signé   DE VERTON.